D1719839

Imre Török
Dichter am See
Geschichten

Imre Török

Dichter am See

Geschichten

© 1996 Verlag Robert Gessler, Friedrichshafen
Alle Rechte dieser Ausgabe vorbehalten
Porträtfoto: Michael Sauerweier, Hamburg
Satz und Druck: Druckerei Robert Gessler, Friedrichshafen
Bindearbeiten: Moser · Press KG, Ravensburg-Schmalegg

ISBN 3-86136-011-X

Inhalt

Dichter am See

für Johanna

Der Mann kam vom See, watete durch flaches Wasser. Pantoffeltierchen an seinen Schuhen. Und Mondglitzern. Wellen umspülten dicke, runde Ufersteine. Vorsichtig balancierte er.

„Ich sprüh´s an jede Waa-and... ...“ Eine Brise umschlang Melodie und Worte, die aus der Musikbox von einer Sommerterrasse herübertönten, trug sie fort. Ferne Wolkentürme schoben sich langsam aus unruhigen Wipfeln an den Julimond heran. Rot-orange blinkten Lichter der Sturmwarnung vom kaum mehr sichtbaren gegenüberliegenden Uferstreifen.

Er setzte sich ins Gras, zog die Beine an, umklammerte sie, hörte dem Wind in den Pappeln zu, dem Sirren des Schilfs, ließ sich in verflossene Zeit zurückgleiten, schloß die Augen.

Als ob alles Leben nur Lüge wäre. Bezaubernde Lügenmär. In welches Schloß paßt die Schlüsselblume?

In Sichtweite des Sees gehen sie langsamen Schrittes. Wanderer. Schauen auf die spiegelglatte Wasserfläche des Morgens, die schräge Strahlen streut. So gehen sie in den Tag, der hoch oben lodert. Enten schwimmen, tauchen. Taten es schon, als noch keine Burg und keine Kapelle stand. Geschnatter war hier vor durchdachten Lauten heimisch, ging Kriegsgeschrei und Opfergesang voraus.

An plantschende, schnatternde Enten denken sie manchmal, die Wanderer am See, und ihre Schritte werden leichter. Fast vergessen sind dann die tiefen, mannhaften, auch die kreischenden, flehenden Stimmen aus den altehrwürdigen Bauten auf den Anhöhen. Und sie laufen stumm, ergriffen zum stillen Wasser hinunter, das aus grüngraublauen Ebenen ständig neue Farben gebiert.

Gebiert auch den Fisch, die Ente, den trinkenden Vierbeiner; gebar Buddha und Jesus. Aber das ist lange her.

Gebar auch Eiweiß, Nukleinsäure. Und *das* ist noch viel länger her.

Die Wanderer und mit ihnen die Gedanken sind in den Tag hinein gelaufen und weiter. Dort bei den Bäumen verbirgt sich ein Dichterhaus, dort im Schreibzimmer wird Unfaßbares mit Worten erfaßt. Die Farben des Abends, die von bewaldeten Hügelkuppen, von entfernteren Silhouetten auf den See fallen, tröpfeln aufs Papier. Buchstabe für Buchstabe. Das Schilf der ersten Winde in der Dämmerung summt ein Lied, das erinnert an E-li-sa – li-sa – li-sa – –. Leise, allstreichelnd verstreicht Zeit. Zu schnell?

Der Mann in den nassen Turnschuhen schaute hoch.

Schon preßten erste Böen die Schilfhalme büschelweis nieder, tunkten sie in den aufgebrachten See. Der Julimond rang nach Atem. Und unbändig brachte Düsternis alles Leben unter ihre Gewalt, goß Pech auf Wasser, Wellenkamm, Bergeshöh', alle Kreatur, ließ Geäst, Stämme, Gestein aufstöhnen. Kaum noch wahrnehmbar zuckten vereinzelt Warnlichter aus dunklem Aufgewühltsein. Wie Lichter eines Rettungswagens auf nächtlicher Serpentinenfahrt, wie unruhiges Blinken aus der Apparatur auf der Intensivstation, dachte der Mann.

Dann löste sich ein Funke dicht neben der Stelle, wo vorher noch Mond war, zerstäubte, und tausend Verästelungen flossen vom Himmel herab, ließen Burgzinnen auf der Anhöhe kurz erstrahlen, ließen ein Geschmetter über das Wasser ziehen, das sich donnernd und grollend vom See in Mulden verkroch, von Hängen murrend zurückgestoßen. Alles Leben duckte sich vor dem nächsten Schlag.

Der Mann am See zitterte, fror. Ob so Erlöser, Erleuchtete ihr Kommen ankündigen?

Da hat einmal einer gesprochen von der Nacht, von der Fremdlingin unter den Menschen, die voll mit Sternen und wohl wenig bekümmert um uns traurig und prächtig heraufglänzt. Die Schwärmerische, die Erstaunende dort.

Und da hat einmal einer gesprochen vom offenen Meer, daß dorther kommt und zurück deutet der kommende Gott, der Fackelschwinger. Und da hat einmal einer gesprochen, nur zu Zeiten ertrüge göttliche Fülle der Mensch.

Ein anderer hat das Schattenbild unserer Erde, den Mond, als Gleichnis gebraucht. Er sprach vom Spiegelbild des Mondes, das unter den richtigen Bedingungen auf ruhigen Seen und Meeren der Erde glänzt, während der Mond selbst auf seiner Bahn am Himmel verbleibt. So könne ein Erleuchteter im gleichen Augenblick in verschiedenen Körpern sich offenbaren.

Jetzt jedoch tobte Sturm, toste entfesselte Gewalt. Der Mensch am Ufer bis auf die Knochen naß, Trost suchend in vergangenen Bildern, untergetaucht wie Enten. Bilder, gespeichert in Eiweißverbindungen. Manche in noch größeren Tiefen verwahrt. In Nukleinsäure-Codes.

Ließ sich gleiten, schloß die Augen.

Sah den Aufschäumenden wieder in seinem ruhigen Glanz. Sah auch die Ufergänger des Morgens und wähnte, er wäre einer von ihnen. Manche Schlüsselblumen hatten Samen günstigeren Winden anvertraut. Und *das* ist auch lange her.

In Sichtweite des Sees gehen sie langsamen Schrittes. Wanderer. Schauen auf die Spiegelfläche des frühen Tages, diese Gestalten, in Gedanken versunken, nähern sich dem Wasser, zerstreut. Der Spiegel glitzert silbergraublau. Lichtreflexe tänzeln zwischen Röhricht im Wind auf das satte Gras. Hüpfen hoch zu den flüsternden Pappeln. Ergießen sich wärmend in die Weinberge, wo die trockne Krume den Hang hinunterbröselt, den die Rebe erklimmt. Glänzend. Grün.

Einzelne Blicke schweifen zurück. Hoch, hoch. Höher. Zu des Meeres Burg. Die Wanderer, im Gleichklang mit dem Hauch vom Binnenmeer her, knien nieder am See, halten das Ohr dicht an die Fläche, auf der langbeinige Wasserläufer regungslos verharren. Und es klingt dem Ohr, als ob das Wasser murmele. Als ob weit draußen ein blauviolettes Zittern sich auf den Weg gemacht habe, unter fließendem Silber daherströme, diese dünne Haut des Sees kaum berührend. Dort an der Naht, wo Gräser im Nassen hängen, dort steigt Gemurmel auf.

Alle Seen, alle Meere sind eins. Verstehen ereignet sich nah, ganz nah am Wasser. Gewaltig entfernt haben sich Burgen und Bürger. Unsagbares Versagen. Viel dichter am See berührt sich die Welt. Begreift sich, in sich. Dichter am See.

Plötzlich klatschten ihm, dem Wassermann, heftig aufbrausende Winde kübelweis Regen, Schaumkronen ins Gesicht. Er, der Entwurzelte, ein aus fernem Morgen Gerissener, aber lachte, versuchte standzuhalten, lachte schrill. Wasser floß ihm aus den Haaren, übers Gesicht, von den Wimpern, rann von Wangen, Nase und Kinn. Er torkelte im Sturmwind, lachte, prustete, schluckte, schrie.

Ihr Gewalten! Tobt nur, tobt! Wer glaubt denn, blitzgescheit, nun seien alle Geheimnisse gelüftet, alle Rätsel gelöst?

Er hob die Faust. Die Stimme überschlug sich im Wettkampf mit dem Donnergetös´.

Ha! Ha! Ist hier jemand? Glaubt hier jemand, er kenne den See? Er treffe den Ton? Er wisse weiter? Ha! Der Ort, wo es mich voll erwischt hat, der heißt doch, heißt er nicht – Szigliget? Droben die Meeresburg. Schaut auf das Ungarische Meer, wie wir Magyaren den Plattensee nennen. Ha! Und die Wanderer des frühen Tages. Am Ufer des Balaton. Sie liefen zum Dichterhaus, verborgen im Wäldchen, ein Domizil ungarischer Schriftsteller. Am Plattensee in Szigliget. Nehmt ihr mich mit?

Er sank in die Knie, fast versagte die Stimme. Wasser floß.

Oder ist´s doch ein anderes Gewässer? Das Schwäbische Meer, mein lieblicher Bodensee? Nimmst du mich auf?

Und Lisas Haus und –

Ihr sichergebaueten Alpen –

Und Thills Tal, das –

Bin ich, und wenn ich bin, an welchem Ufer der Melancholie bin ich?

Alles Leben bloß Lügenmeer sich selbst kündigend. Kündend von Burgenkriegen, Wehklagen in Kapellen, unvorstellbaren Ausmaßes.

Steigt ein nächstes Mal, funkengezeugt, Wahrhaftigeres aus den Fluten?

Die heftigen Schauer gingen plötzlich in Nieselregen über. Der Mann, der nicht mal wußte, ob er im Westen oder im Osten beheimatet, der nicht mal wußte, ob er am Anfang oder am Ende war, der nur wähnte, daß andere immer alles besser wußten, lag naß im Gras und dachte, vielleicht wird es Zeit, ins Wasser zu gehen, zurück, auf den Grund.

Und jäh wie er gekommen, legte sich der Sturm über diesem ganz anderen Gewässer, seinem Binnenmeer, richteten sich nasse Halme allmählich auf. Der Mann erhob sich. Mühsam. Als er loslief, in seinen quatschenden Schuhen, streifte das Schilf ihn. Hielt ihn – auf.

Summte das Lied. Jenes. Lei-se – li-sa – –

Der Mond glänzte auf dem See. Kichernd. Gurgelnd.

Ein Erleuchteter, der auf dem Gekräusel des offenen Meeres ausgelassen über kleine Wellen hüpft, hüpft und hüpft und hüpft ...

Rote Beeren im Schnee

Die Äpfel waren schon längst vermostet, die Vögel hatten auch die kleinsten Kerne aus den vertrockneten Sonnenblumenköpfen gepickt, und die letzten gelben Blätter flatterten eines nach dem anderen auf das trockene Laub unter den kahlen Bäumen.

In den klaren Nächten war der Winter spürbar nahe, doch der Mittag gehörte noch ganz den schrägen Sonnenstrahlen. In einem verwilderten Gartenstück entlang der hohen Steinmauer, die den Garten zum Nachbargrundstück abgrenzte, besann sich eine kleine Walderdbeerpflanze und rückte eines Tages mit zwei Blüten heraus, die sie keck in die Mittagssonne streckte.

Das Mädchen, das in diesem Garten aufwuchs, das jeden Tag hier draußen spielte, freute sich sehr, als es die kleinen weißen Blüten mit dem gelben Knopf in der Mitte entdeckte. Und es sagte sich: „Bis Weihnachten werden zwei rote Walderdbeeren daraus."

Es wußte zwar nicht genau, wie lange das bis dahin dauerte, denn es hatte erst wenige Weihnachten in seinem Leben gegeben. Das Mädchen freute sich aber darauf, weil es den Geruch von Tannenzweigen und Kerzenwachs mochte, und es freute sich noch mehr, weil es im Frühjahr die Walderdbeere selber gepflanzt hatte, und das war nun eine tolle Vorstellung, daß es zu Weihnachten noch die zwei roten Beeren dazugäbe. Was es bedeutete, wenn die Erwachsenen von selten schönen Novembertagen sprachen und sagten, daß es nur noch wenige Wochen seien bis zum Fest, das verstand das Mädchen nicht genau. Es wußte nur, daß man nicht mehr oft schlafen mußte, bis es so weit war. Und es konnte sich auch genau erinnern, daß es im letzten Jahr um jene Zeit schon lange vorher schlittenfahren konnte. Ihm fiel auch ein, daß bald die Zeit kommen mußte, wenn morgens die Pfützen zugefroren waren, zunächst nur mit einer Eisschicht, die sich mit einem leichten Auftreten eindrücken ließ, und später dann so fest, daß es Spaß machte, mit einem langen Anlauf auf dem Eis entlangzuschlittern.

Die Bilder des nahenden Winters, der Wind, der Tränen aus den Augen schnitt, und die blühende Pflanze ließen zum ersten Mal im Leben des Mädchens eine Erkenntnis wachsen und es stellte plötzlich fest, daß die meisten Pflanzen im Winter tot waren. Die Tannen zwar nicht, aber sonst doch fast alle.

Sommer und Winter gab es wohl schon immer, und das Mädchen sah auch den Wechsel in der Natur und wußte, daß man im Sommer bloß ein Höschen brauchte. Und im Winter – dachte es – mußte man Handschuhe anziehen. Doch kam und ging das alles bisher ganz selbstverständlich, ohne daß das Mädchen je darüber nachgedacht hatte.

Nun merkte es, daß es ganz arg wünschte, die kleine Pflanze möge weiterblühen und Früchte tragen. Es mochte diese Walderdbeere und wenn es vor ihr kniete, sagte es zu ihr, als ob es mit einer Puppe spräche: „Paß nur auf, ich werde dir schon helfen."

Seine Puppen lagen irgendwo unter einem Busch und interessierten es im Augenblick überhaupt nicht mehr. Wenn das ihm auch nicht in solcher Deutlichkeit bewußt wurde, spürte es doch etwas von dem Unterschied zwischen den Plastikköpfen, die nur mit den

Augen klapperten, und diesen kleinen Blättern und Blüten.

Es dachte wieder an Weihnachten und stellte sich die roten Früchte unter Wunderkerzen vor.

Den Nachmittag verbrachte das Mädchen damit, den Abstellschuppen und die Bühne nach Glasscherben abzusuchen. Es fand auch tatsächlich in einem verstaubten Eimer Stücke einer zerbrochenen Dachlukenscheibe. Rund um die Pflanze steckte es größere Scherbenstücke in die Erde, verstopfte die Spalte dazwischen mit Zeitungspapier und nahm das größte Glasstück als Abdeckplatte. In diesem winzigen Gewächshaus, hoffte es, würde die Pflanze überwintern können.

Es folgten Tage, die immer häufiger im Nebel und Nieselregen versanken. Das Mädchen besuchte mehrmals täglich die Pflanze. Und wenn wieder einmal etwas Sonne durchdrang, nahm es die Abdeckplatte ab und sagte: „Du mußt dich beeilen. Es dauert nicht mehr lange, aber es wird doch schon sehr kalt."

Zwischen den grauen Wolkenbändern, die nach Westen hin rötlich umsäumt waren, klirrte blaue Kälte. Und am darauffolgenden Morgen, als die Pfützen mit einer dünnen Eisschicht überzogen waren, hatte das Mädchen wieder eine Idee. Es suchte eine kleine Konservenbüchse, bat um heißes Wasser und stellte die Dose dann in das Gewächshäuschen. Als es Abend wurde, füllte das Mädchen erneut heißes Wasser in die Büchse, auf deren Etikett Tomaten abgebildet waren.

Ob sehr viele Tage oder gar Wochen vergangen waren, an denen das Mädchen sich um die Walderdbeerpflanze in dem ganz kleinen Gewächshaus kümmerte, oder ob das nur eine Episode von kurzer Dauer war, darüber geben die Erinnerungen keinen Aufschluß.

Aus dem Mädchen ist mittlerweile eine junge Frau geworden. Aus Weihnachten macht sie sich nichts mehr, weil der Rummel vorher und die verkrampfte Atmosphäre, wenn die Familie zusammenkommt, ihr dieses Fest inzwischen verleidet haben. Ihre Puppen sind längst auf dem Sperrmüll gelandet. Oder sie haben sich in diesen und jenen jungen Mann der vergangenen Jahre verwandelt.

Irgendwann bedeckte morgens Schnee den Garten und das Glashäuschen, und sie schaufelte es mit ihren zweifingrigen Handschuhen frei, brach und pulte das Eis aus der Konservenbüchse, goß wieder heißes Wasser hinein. Am Nachmittag begann es erneut zu schneien, zunächst dicke, weiche Flocken, die gegen Abend kleiner und körniger wurden und mit einem dünnen Schweif durch die Lichtkegel vorbeifahrender Autos schossen.
Sie kniff die Augen zusammen.

Die Erinnerungen brechen hier ab und machen weiteren Bildern, Träumen und Deutungen Platz: Bildern von zwei roten Beeren im Schnee, von einer ersten Liebe, die mehr als Puppenspielerei war. Und sie stellt das Bügeleisen beiseite, dreht die Schallplatte von Neil Young um, begießt ihre Zimmerpflanzen und denkt an die kleinen Blüten von einst, die in ihren Gedanken wieder blühen. Und auf einmal kommt es ihr vor, als ob sie jetzt zum ersten Mal wirklich und eindringlich und tiefgreifend über ihr Leben nachdenke.
Sie muß verlegen lachen, obwohl gerade niemand in der Nähe ist, der sie hören könnte, als sie halblaut zu der Pflanze in sich spricht: „Wie oft wirst du noch aufblühen, als wär's das erste Mal!"

Hälfte des Gartens

Der kleine Ahorn kommt tiefrot. Erst ist die Krone wie blutüberströmt. Die Blätter an den unteren Ästen entfalten sich später.

Diese Ahornblätter im Frühling bluten nicht, diese Blätter, diese Blätter ...

Nicht Glut, nicht Flamme kommen in Frage. Rosen schon gar nicht. Und auch die ausgewachsenen Rotbuchen, die es in ihrer Farbintensität durchaus mit dem Ahorn aufnehmen können, entfalten andere Rotnuancen, vergeben binnen kurzer Zeit viel davon zugunsten einer Brauntönung. Der rote Haselnußstrauch kommt dem Ahorn am nächsten. Allerdings wachsen sie an verschiedenen, entlegenen Stellen des Gartens. Liegt es am Licht? Der Ahorn steht viele Stunden des Tages im Schatten eines wesentlich größeren, breitgefächerten Nadelbaums, während der kindsgroße Haselnuß in der sonnenüberfluteten Ecke bei den Himbeeren mit noch regenfrischen Blättern den ersten Glanz des Tages genießt. Ob's an diesen unterschiedlichen Lichtorten liegt oder an der rundlicheren Form der Haselblätter, daß er denkt, das erste Rot des Ahorns sei eine Spur abweisend, der Haselnuß dagegen kuschelig?

Er kann sich die Frage nicht beantworten.

Oft, wenn er im Garten sitzt und betrachtet, was er in den Jahren pflanzte und schuf, was schon vor ihm an Bäumen, Büschen, Blumen da war und wuchs, wo überall inzwischen Neues gedieh – einige altersbedingte Fälle ergaben neue Lichtungen –, wenn er lange vor sich hinschaut, denkt er daran, ob es für immer und ewig unbeantwortbare Fragen gibt. In seinem Alter ...

Wie eindringlich bohrend klingt jetzt diese Redewendung. Dabei kann man sogar zu einem Kind sagen, in deinem Alter hätte ich aber dies und das, so und so.

In seinem Alter beunruhigt ihn dieses Unwissen stärker als vor Jahren, Jahrzehnten. Er bemerkt, wie er anfängt Berechnungen aufzustellen, Lebensphasen zu kalkulieren, wie er beginnt sich zu wundern, daß er genau so aussieht und sich genau so gibt, wie er es sich vor scheinbar kurzer Zeit noch gar nicht hätte vorstellen können.

Doch vielleicht ist eine kurze Zeit gar keine kurze Zeit.

An diesem Punkt schweifte er liebend gern zu Hawking, Wheeler, Penrose und den anderen Burschen der Quantenphysik und der Kosmologie ab. Jetzt jedoch, ganz im Jetzt, wollte er sich weiter mit konkret Zeitlichem beschäftigen. Mit gesegnetem Zeitlichen.

Nicht daß ihn gewurmt hätte, wer nach ihm an den Veilchen, die er angesiedelt hatte, im Frühling schnuppern wird. Die Veilchen vorne am Zaun zur Straße, bei der Fliederhecke, das war denen eh kein guter Platz. Aber in all den Jahren mochte er sie doch nicht mehr umpflanzen, beharrte auf seiner ersten Entscheidung und hoffte auf die Verbreitungsgelüste und auf die selbständige Suche der Veilchen nach einem besseren Standort.

Er hatte stets Freude daran gefunden, klein- und in spe großwüchsige Pflanzen – letztere in bescheidenem Maße – von überall her mitzubringen. Was er alles ausbuddelte! Und wieder eingrub.

Daß er gelegentlich auch mal eine geschützte Pflanze im Auwald aushob, machte ihm nicht nachhaltig ein

schlechtes Gewissen. Spätestens wenn er im darauffolgenden Frühjahr bei seinen täglichen, schrittweisen
Spaziergängen durch den Garten entdeckte, wie das
Knospenhütchen sich zwischen nassem Laub hervor-
schob, jubelte er. Er kannte die vielen Stellen fast alle
auf den Zentimeter genau. Er orientierte sich auf dem
weiten Grund an Birken, Eichen, Thuja, Holunder, am
kleinen Ahorn, am rhodosweinroten Haselnußstrauch
und wie die vielen anderen kleinen und großen Vertreter der Hölzernen alle hießen. Den einen nannte er
zum Beispiel „Thuja auf dem Weg in den Himmel". So
hatten alle Namen. Und er jubelte noch viel mehr,
wenn er irgendwann Ableger einer vom Aussterben
bedrohten Pflanze entdeckt hatte. Von geschützten
Blühern erntete er die Samen, steckte sie in einen Blu-
mentopf, den er im Garten eingrub. Und jubelte im
nächsten Jahr. Und staunte, daß es dann noch drei
Jahre dauerte, bis aus Pflänzchen wieder blühende
Schönheiten wurden. Er begann sie regelrecht zu
züchten und von der allmählich wachsenden Populati-
on pflanzte er kleine Inseln draußen in die Landschaft.
Oft an schwer zugänglichen Stellen.

Es gibt natürlich nicht nur den Garten.
Und er ist auch kein Gärtner. Obwohl er sich manchmal vorstellen kann, jede berufliche Betätigung aufzu-
geben, außer der einen Tätigkeit, der brotlosen, einen
Garten mit Leben zu füllen und für Unterschlupf zu
sorgen: Für Fliegende und Fliehende, für Krabbelnde
und Brabbelnde. Es ist sehr schön, den Flieder richtig
zu beschneiden und sich an der aufgefrischten Blüten-
pracht im nächsten Mai zu berauschen, das ist so
schön! Doch dann wieder die Bilder im Kopf: von Lei-
chen am Victoria-See, in Bosnien, in Palästina, im

Jemen, im Sudan, in Angola, in Kurdistan, in Kolumbien, in Afghanistan, in Nord-Irland ...
Ach nein, nein, nein, es gibt natürlich nicht nur den Garten.

Der kleine Ahorn kommt dunkelrot. Und bleibt knallrot den ganzen langen, heißen Sommer. Dann: *im Winde klirren die Fahnen.*
Er rechnet, schaut zu jenem Holunder, den er manchmal „Holunder der *Apriorität des Individuellen*" nennt, der sich zwischen den Ästen einer Tanne hervorwindet, mit hellgrünen Blättern nach dem Licht hechelt, das zwischen dunklen Tannennadeln durchschimmert. Er rechnet sich aus, daß für ihn auf jeden Fall Fragen bleiben werden. Ohne Aussicht auf Antwort. Und zu dem kuscheligen Haselnuß gesellt sich die Vorstellung, daß einmal, wenn nur noch Wind und Wetter den Garten umsorgen werden, alle Fragen noch da sind, inmitten rot leuchtender Blätter und Blüten, von keinem Auge betrachtet, von keinem Mund mehr benannt.

Die Hortensien der
Mademoiselle L.

Es war der 23. Juni und die Hortensien blühten prächtig überall in der Bretagne. In kleinen, gepflegten, schattigen Höfen, neben Mauern aus hellgrauem Stein, unter wuchtigen Kirchen, zwischen immergrünen Hecken, vor behauenem Fels, weiß-blau gestrichener Wand leuchteten die Blütenkugeln weißlich und rosa und in vielen Schattierungen des Blau.

Mademoiselle L. schaute aus dem Fenster auf den großen Platz, in dessen Mitte der riesige, rostige Anker lag, auch rundum mit Hortensien bepflanzt, und sie schaute gedankenverloren weiter weg, über die Heckenumrundung des Ferienclubs hinaus, schaute auf weite, krumme Fluren, die von der Steilküste sich zu den Wäldchen hinaufwanden. Ihr fiel ein, wie sie als kleines Mädchen mit ihren Freundinnen dort spielte, einmal eine alte Sichel, mit der Spitze in einen Baum geschlagen, fand. Wie ihre Mutter, die damals mit dem Aufbau des Ferienclubs begonnen hatte, ihr von keltischen Zauberern in den Wäldern um die Anlage, von Druiden, von Menhiren erzählt hatte. Ihr fiel ein, daß sie damals unbedingt Zauberin werden wollte.

Sie schaute wieder auf den Platz hinunter, wo die ersten Urlauberautos des Tages vor die Rezeption rollten, wusch und richtete sich, schlüpfte in die Shorts, streifte ein Polohemd über, lief ins Erdgeschoß, beachtete den Frühstückstisch nicht, eilte hinaus, spurtete über den Platz zur Rezeption.

Die Mutter und die Brüder von Mademoiselle L. hatten

21

die ersten Gäste bereits versorgt, wiesen ihnen ihre Ferienhäuser zu, fuhren mit dem Fahrrad vor, zeigten den Spielplatz für die Kinder, die Einkaufsmöglichkeiten, die Bar, Aufenthaltsräume, Tennisplätze und was so ein Urlaubsdorf sonst noch alles zu bieten hat. Sogar eine gut bestückte, geschmackvoll eingerichtete Bibliothek – darauf war Madame besonders stolz – stand den Urlaubern zur Verfügung.

Mademoiselle L. merkte, daß sie im Augenblick doch nicht benötigt wurde. Und ein langer Arbeitstag stand ja noch bevor. Sie ging zum Laden hinüber, holte sich zwei frische Croissants und schlenderte mampfend über den Platz, betrachtete die Hortensien um den mächtigen Anker herum, sah auch nach den Sträuchern mit den wundervollen blaßrosa Dolden rund um den Platz, vor der Bar, vor dem Restaurant, vor der Rezeption. Es verging wohl kein Tag des Sommers, an dem sie ihre Hortensien außer acht gelassen hätte. Sie pflegte, düngte, beschnitt, umsorgte sie. Und auf der gesamten Ferienanlage grüßten aus allen Winkeln diese Blütenkugeln die Besucher.

Sie ging wieder in die Rezeption, ließ sich aus der Bar Kaffee bringen und machte sich an die Buchhaltung.

So ein Ferienclub bot zwar für die Urlauber das süße Leben. Die Betreiber, und das sahen die Freundinnen von Mademoiselle L. nur selten ein, hatten mehr als genug Arbeit damit. Jedenfalls in der Saison. Und in der ruhigeren Zeit gab´s auch eine Menge zu richten und keine Einnahmen. Was wußten ihre Freundinnen schon! Bewunderten das große Anwesen, tanzten nachts in der Clubdisko, ließen sich von ihr bewirten und schliefen jetzt noch selig bis zum Mittag, während sie hier saß und den Computer mit Daten fütterte, vom zweiten Croissant abbiß, einen Schluck Kaffee nahm, weitertippte.

Es war der 23. Juni, schon fast Mittagszeit, ein ausländischer Wagen fuhr vor, und da Mademoiselle L. gerade allein in der Rezeption saß, ging sie an die Theke. Ein Mann stieg aus, kam aber nicht gleich herein. Sie sah ihn durch die große Fensterfront auf dem Platz herumschlendern, die Blumen betrachten, etwas länger vor dem Anker verweilen, von dem Rost und Kalk der Muscheln in Schichten blätterte. Diesen Anker von über drei Tonnen Gewicht und der Länge und Breite eines kleineren Fischkutters hatte ihre Mutter vor vielen Jahren Fischern abgekauft, die das Ding mit einem Trawler aus dem Atlantik ans Ufer gebracht hatten.

Nun kam der Mann, etwas unschlüssig hin und her schauend, in die Rezeption. Sie begrüßte ihn freundlich, das war sie schließlich jedem Gast schuldig. Er nickte, sah eher mürrisch drein. Bestimmt ist er die Nacht durchgefahren, dachte sie. Er sprach auch kaum ein Wort. Konnte wohl nur wenig Französisch? Oder war zu müde? Er legte die Papiere auf die Theke, die Buchungsunterlagen, und sie begann mit den üblichen Formalitäten. Seit ihrer Kindheit kannte sie den Umgang mit Feriengästen, arbeitete nun schon das vierte Jahr richtig mit. Es gab nette, freundliche, ruhige, geschwätzige, nörgelnde, spießige, amüsante, langweilige Gäste, es kamen die verschiedensten Menschen; mit manchen hätte sie sich gerne angefreundet, andere empfand sie als widerlich. Aber sie waren immer auch ihre Gäste, sie hielt sich höflich und freundlich zurück. Dieser Mann wirkte erstmal abweisend, auch geistig abwesend.

Sie sagte ihm, daß er sich für ein sehr hübsches Häuschen entschieden habe. Und das meinte sie ehrlich. Die meisten wollten ganz nah ans Meer, am besten mit direktem Zugang zum Sandstrand, dort war alles enger, gedrungener, wenig Grün, ein Ferienhaus neben dem anderen, während zwei Minuten vom Strand entfernt die herrlichsten, abgeschiedenen Plätze mit großen Hecken, Erdhügeln, alten, knorrigen Bäumen und den schönsten Hortensiensträuchern von Mademoiselle L. auf die Besucher warteten. Der Mann hörte zu, verzog aber keine Miene, sah sie nur an. Er hatte ein schmales Gesicht mit Dreitagebart und seltsam glänzende Augen. Die starrten unverschämt lange und tief in ihre Augen. Auch einer von den Widerlingen, dachte sie und lächelte höflich.

Nachdem er gegangen war, warf sie noch einen Blick in seine Unterlagen. Sie hatte ihn auf Mitte dreißig geschätzt, aber er war einiges älter und kam aus einem Land am anderen Ende des Kontinents, von dem sie nur den Namen kannte. Daß jemand von so weit her nach Finistère, also ans entgegengesetzte „Ende der Welt", reiste, wunderte sie. Dann machte sie sich an die Büroarbeit.

Am Abend saß sie auf der Terrasse vor der Bar, entdeckte ihn an einem anderen Tisch, er trank Cidre und schaute sie wieder so seltsam an, daß es ihr einen Stich versetzte. Mißmutig verließ sie die Terrasse, ging ins Haus, wo die Familie nach dem arbeitsreichen Tag plaudernd zusammensaß. Sie verzog sich in ihr oberes Zimmer. Etwas stimmte nicht.

Langsam wurde es dunkel, sehr spät um diese Jahreszeit. Sie machte Licht, setzte sich an ihren Lieblingsplatz am Fenster, schlug ein Buch auf, schaute wieder hinaus. Einige Leute saßen noch vor der Bar. Den Mann entdeckte sie auch, er spazierte im Kreis um den großen Anker herum, blickte plötzlich zu ihrem Fenster hinauf. Sie zog den Kopf schnell zurück.

In den nächsten Tagen sah sie ihn immer wieder. Es war wie verhext: So viele Urlaubsgäste, und dauernd lief ihr der über den Weg! Fuhr sie mit ihrem Fahrrad Briefe aus, stand er irgendwann unvermittelt am Wegrand, betrachtete die Hortensien, hob ruckartig den Kopf und sah ihr ins Gesicht. Sie drehte den Kopf ruckartig weg. Ging sie mittags mit Freundinnen zum Strand, um sich in der herankommenden Flut abzukühlen, saß er am Ufer, starrte auf die Wellen und starrte sie an. Der Sand brannte unter den Sohlen, das Meer glitzerte. Sie sprintete hinter ihren Freundinnen her, das Salzwasser perlte von der braunen Haut. Aber das Herumtoben machte weniger Spaß als sonst. Als alle zusammen wieder das Wasser verließen, saß der noch immer da, das Gesicht ganz dunkel in der Sonne vor Sand und Himmel, seine Augen auf sie gerichtet.

Abends in der Bar, in der Disko, wohin sie auch kam, erblickte sie immer wieder ihn. Es wurde ihr allmählich nicht nur lästig, sie haßte diesen Mann geradezu und sehnte den Tag herbei, an dem er abreisen würde. Ihre beste Freundin zog sie schon dauernd mit ihm auf. Am Vorabend des französischen Nationalfeiertags gab es alljährlich eine große Feier in der Clubdiskothek. Obwohl Mademoiselle L. an den letzten Abenden bereits alle Plätze gemieden hatte, wo sie ihm hätte begegnen können, widerstrebte es ihr, dieses tolle Ereignis „wegen dem dämlichen Kerl" zu versäumen. Zum Glück konnte sie ihn weder in der tanzenden Menge noch an einem der Tische entdecken. Ausgelassen wie lange nicht mehr tanzte, trank, lachte sie mit den anderen.

Einmal nur ging sie hinaus, um frische Luft zu schnappen. Neben der Rezeption, in der Bibliothek, brannte noch Licht. Durchs Fenster sah sie, daß er dort drin in einer Leseecke saß, vor sich auf dem Tisch etliche Bücher, auf ein Blatt Papier machte er sich Notizen. Plötzlich hob er den Kopf und schaute auf den erleuchteten Platz, genau in ihre Richtung. Sie zuckte zusammen, rannte fort, hinunter zum Meer, saß allein, schluchzend, die Wellen brausten, die Sterne leuchteten. Als sie zurückkam, war die Bibliothek dunkel, aus der Disko dröhnte die Musik. Sie mußte sich zusammenreißen, um wieder hineinzugehen, ihre Freundinnen hatten sie schon gesucht. Sie holte sich zu trinken und verkroch sich in eine Ecknische, sah die Tanzfläche mit den wilden Tänzern und auf einmal sah sie auch ihn neben der Tanzfläche regungslos stehen. Eine Freundin kam verschwitzt und sagte lachend, ihr „Bräutigam" warte auf den ersten Tanz. Am liebsten hätte sie ihr die Augen ausgekratzt. Bald gesellten sich auch andere Mädchen ermattet zu ihr. Und weil alle inzwischen von der seltsamen Geschichte wußten, war für Gesprächsstoff und Spöttelei gesorgt. Sie solle ihn doch zur Rede stellen, riet eine. Rausschmeißen lassen, meinte eine andere. Sie sei doch selber völlig in ihn verknallt, mußte sie sich anhören.

Und da stand er, blickte nicht einmal zu ihr, aber sie wußte, daß er wußte, daß sie ihn ansah. Sie trank übermäßig, ihr Kopf schmerzte, sie hätte schreien mögen. Keine zehn Pferde hätten sie auf die Tanzfläche geschleppt. Endlich rief der Diskjockey zum letzten Tanz, endlich war dieser schreckliche Abend vorbei. Einer nach dem anderen verließen die Urlauber die Lokalität, schlenderten in alle Richtungen zu ihren Häusern. Zuletzt stand nur noch einer an der Theke, saß nur noch eine in der Ecke. Das Ekel trank Bier, rauchte, glotzte in die Luft. Sie schlürfte ihren wer weiß wievielten Cognac, das Mobiliar tanzte im Rhythmus der längst erloschenen Musik. Es führte kein Weg an ihm vorbei.

Sie riß sich zusammen, versuchte angestrengt gerade zu laufen, was reichlich komisch wirkte. Er stand mit dem Rücken zu ihr, doch im letzten Moment bemerkte sie, daß sein Blick aus dem Spiegel hinter dem Gläserregal auf sie gerichtet war.

Zwei wankende Schritte noch, da drehte er sich um, und sie verpaßte ihm eine Ohrfeige mit schwankender Wucht, rannte torkelnd hinaus, rannte zu ihrem Haus, keuchend zu ihrem Zimmer hinauf.

Eine Weile lag sie weinend auf dem Bett. Ging dann ans Fenster und wollte ihren Augen nicht trauen. Der Anker lag oder besser gesagt stand wie immer unten auf dem Platz zwischen den Hortensien. Die eine Spitze des riesigen Ankerflügels steckte in der Erde, die andere ragte in den Sternenhimmel. Und auf dieser Spitze, wie ein Blatt, wie ein Herz, meterweit über dem Boden, stand der Mann. Er mußte auf Zehenspitzen stehen, schwankte nicht. Zu ihr hereinschauen hätte er nicht gekonnt, ihr Fenster lag noch ein Stückchen höher. Aber sie wußte, daß er wußte, daß sie ihn sah. Sie zerrte die Vorhänge zu, taumelte zum Bett und fiel in Schlaf.

Am nächsten Tag ging´s ihr gottserbärmlich, sie blieb im Bett. Erst anderntags traute sie sich ins Freie, er lief ihr jedoch nicht über den Weg. Auch am dritten, auch am vierten Tag nicht. Sie sah in den Unterlagen nach.

Er war regulär am Tag nach dem großen Fest abgereist. Sie atmete auf. Sie freute sich aufs Meer, aufs Baden, auf Riesenseesterne, die man bei Ebbe in den Tümpeln zwischen den Felsen beobachten kann, sie freute sich auf Wanderungen an kühleren Tagen in den nahen Wäldern, freute sich sogar auf die tägliche Arbeit im Club und – das hatte sie in letzter Zeit fast vergessen – sie freute sich auf ihre Hortensien. Ihre Freude währte kurz.

Eines Abends, sie saß in ihrem Zimmer vor dem Fenster, auf dem kleinen Tisch eine Schale Obst, eine Flasche Cidre, eine Kerze, sie las, blickte auf, blickte hinunter, und da stand der Mann auf der Ankerspitze. Sie hastete zum Schlafzimmer ihrer Mutter, rüttelte sie wach, aber bis die ans Fenster trat, war die Gestalt verschwunden.

Madame benachrichtigte vorsichtshalber am nächsten Morgen die Gendarmerie und gab dem Nachtwächter des Ferienclubs zusätzliche Anweisungen.

In der folgenden Nacht hörte man plötzlich ein hysterisches Geschrei aus dem Zimmer der Mademoiselle L., das ganze Haus lief zusammen, sie stand heulend am Fenster und rief immer nur „Da!" – „Da!". Doch niemand konnte auf dem Platz etwas entdecken, bis der Nachtwächter herbeigeeilt kam. Er wäre vor wenigen Minuten an dem Anker vorbeigegangen, ohne irgend etwas bemerkt zu haben. Am folgenden Abend blieb Madame bei ihrer Tochter im Zimmer. Und in aller Stille hatte vorher schon ein Polizist in der nachts normalerweise geschlossenen, dunklen Rezeption Stellung bezogen. Die Mutter war kurz davor einzunicken, als ihre Tochter am Fenster stehend zu schreien begann: „Da, da steht er!" Sie sprang hinzu. Nichts. Sie befragten den Gendarmen. Der schüttelte nur mit spöttischem Blick den Kopf und verabschiedete sich. Das wäre kein Fall für die Polizei. Mademoiselle L., wahrlich keine dumme junge Frau, verstand sehr wohl die Andeutung des Gendarmen, den sie entfernt aus ihrer Schulzeit kannte. Er hatte einige Jahre vor ihr den Abschluß gemacht. „Blödmann, ich bin nicht bekloppt, und jetzt verdufte auf der Stelle", fauchte sie ihn an.

Madames Gesichtszüge wurden strenger. „Du hast kein Recht, ihn so herunterzuputzen. Ich habe schließlich auch nichts sehen können."

„Ich raste aus! Ich flipp total aus!", schrie die Tochter und fuchtelte mit den Armen. „Nicht einmal du glaubst mir. Niemand glaubt mir." Mit tränenverschmiertem Gesicht schwor sie Stein und Bein, daß sie ihn gesehen habe, daß er dauernd in der Nähe sei, daß er sie vertreiben wolle. Die Mutter kochte einen leichten Tee, tat Milch dazu, ließ die Tochter alle Einzelheiten erzählen. Das Kerzenwachs quoll aus dem Halter, verlief auf dem Fenstertisch aus altem Holz. Manchmal schweiften die Blicke der Frauen aus dem schwach erleuchteten Fenster in die Morgendämmerung.

Einige Tage herrschte Ruhe. Dann begann das nächtliche Spektakel wieder. Aber außer Mademoiselle L. bemerkte nie jemand etwas von einem Mann auf dem Anker. Es ging auf Ende September zu, Regen überzog das Land, wie schmutzige Lappen hingen die verblühten Dolden von den Hortensiensträuchern, die Ferienhäuser leerten sich. Mademoiselle sollte in eine Klinik, weigerte sich aber. Sie war blaß, abgemagert, ihr Blick wirkte verwirrt, sie sprach unzusammenhängend. Mal wollte sie sofort weg aus der Gegend, mal unter keinen

Umständen. Die Mutter hatte inzwischen alles vorbereitet.

Am 30. September wurde der Ferienclub vorübergehend geschlossen, angeblich wegen Umbaumaßnahmen.

Am 1. Oktober gegen 9 Uhr stieg die Familie ins Auto, um nach Paris zu fahren. Dort telefonierte der Präsident gerade mit dem Präsidenten der Vereinigten Staaten und wurde von Wort zu Wort blasser. Von Paris aus wollten Mutter und Tochter für drei Wochen nach Australien fliegen. Die Brüder würden nach einigen Tagen in der Hauptstadt zum Club zurückkehren und den Betrieb wieder aufnehmen. Um 11 Uhr 55 fuhren sie auf der Autobahn an Vannes vorbei, um 11 Uhr 55 telefonierte der amerikanische Präsident mit seinem französischen Kollegen zum dritten Mal an diesem Morgen. Die Berechnungen ließen nun keinerlei Zweifel mehr zu, sagte er mit verzweifelter Stimme. Es sei fatal, daß die Wissenschaftler durch puren Zufall aber erst zu spät die Gefahr entdeckt hatten. Um 11 Uhr 57, Madame zündete sich gerade eine Zigarette an, Mademoiselle schlief auf dem Rücksitz, ihre eingefallenen Wangen begannen sich zu röten, unterbrach das Radio sein Programm und kündigte wichtige Durchsagen an. Es wurde aufgerufen, die Geräte eingeschaltet zu lassen, die Nachbarn zu informieren. Um 12 Uhr und zwei Minuten, Madame hatte gerade die Zigarette ausgedrückt und Mademoiselle schluchzte im Schlaf auf, erfaßte ein Beben die Autostraße, einige Autos verkeilten sich ineinander. Madame bremste voll, fuhr gegen die Leitplanke und blieb mit zerdrückter Kühlerhaube stehen. Mademoiselle erwachte und weinte still vor sich hin. Die Brüder stiegen aus, um anderen zu helfen.

Am Abend in ihrer Notunterkunft sah die Familie im Fernsehen die Bilder der Verwüstung weiter im Westen. Ihre Region war am schlimmsten betroffen. Ihr Ferienclub stand nicht mehr. Mademoiselle L. weinte, aber ohne Schluchzen, ohne Geschrei. Es war ein ganz stilles, stummes Weinen. So schlief sie ein. Am nächsten Morgen sagte sie zu ihrer Mutter, daß sie so schnell wie möglich wieder zurück wolle. Und daß sie alles wieder aufbauen würden. Madame nickte und sah nach langer Zeit ein Lächeln um die Mundwinkel ihrer Tochter huschen.

Die Jahre vergingen. Mademoiselle L. wurde längst als Madame angesprochen, ihre Kinder arbeiteten inzwischen in dem wiedererrichteten Feriendorf mit. Das massive bretonische Wohnhaus sah bis auf den letzten Stein wie auf den alten Postkarten aus, und Madame wohnte auf der Etage, wo sich früher ihr Mädchenzimmer befunden hatte, mit dem Fenster zum Platz hin. In dessen Mitte stand noch immer der alte Anker, der bei der Katastrophe fast unbeschädigt geblieben war, Hortensien mit kugeligen Dolden, rosa, blau, weiß, blühten drumherum, auch vor der Bar, auch vor der Bibliothek.
Manchmal schaute Madame wie in jungen Jahren gedankenverloren über die Heckenumrandung des Ferienclubs hinaus, schaute auf weite, krumme Fluren, die sich von der Steilküste zu den Wäldchen der uralten Zauberer hinaufwanden, schaute wieder auf den Platz hinunter, wo die ersten Urlauberautos des Tages vor die Rezeption rollten.
Abends saß sie gerne in ihrem Zimmer, hier fühlte sie sich am wohlsten, hier fühlte sie, daß es etwas wie Glück doch gab. Auf dem Tisch stand die Flasche Cidre,

die Schale mit Obst, die Kerze, in deren Schein die Flasche goldgelb leuchtete, in deren Schein die Fugen
zwischen den dicken Steinquadern der unverputzten
Wand eigenartige Muster bildeten. Auf dem breiten
Innensims vor blauem Fensterrahmen stand ein Stein-
krug mit rosa Hortensien. Sie sah auf den Platz hinunter. Die Ankerspitze ragte in den Sternenhimmel, glühte rot.

Medium

oder: Wo kommen denn die Geschichten her?

Mitunter muten Ereignisse geheimnisvoll an. Später finden sich für manche schauerlichen Erfahrungen doch noch einleuchtende, natürliche Erklärungen. Und die Bedrohung, der man sich ausgesetzt fühlte, löst sich in Luft auf. Paff!

Also möchte ich mich weder der Lächerlichkeit preisgeben, noch dem Leser eine Gänsehaut einjagen, wenn ich von meinen Erlebnissen im Stuttgarter Schriftstellerhaus berichte. Mein Bericht will eher dazu beitragen, für Merkwürdigkeiten und Zufälle Erklärungen zu finden. Und wenn ich schon nicht selber die Auflösung der Rätsel eindeutig orten kann, wird der Leser vielleicht sich einen Reim auf die Geschehnisse machen, der ohne Einbeziehung böser Mächte die Gratwanderung zwischen Schein und Sein erklärt. Denn auch wenn ich niemanden von einem Besuch eines Schriftstellerhauses abhalten will, niemanden ängstigen möchte, kann ich diese seltsame Mischung an eigentümlichen Erlebnissen doch nicht ganz für mich behalten. Darf ein Schriftsteller denn grundsätzlich verschweigen, unter welchen Umständen er manchmal zu seinen Geschichten kommt? Oder die Geschichten zu ihm? Und was macht diese Luft aus, in der sich manchmal alle scheinbaren Schrecken auflösen? Wie wirklich ist die Wirklichkeit wirklich?

Fünf Tage hatte ich bereits in Stuttgart verbracht. Ich fühlte mich auf Anhieb wohl im Schriftstellerhaus, an diesem Ort des Geistes, der von vielen Nutzern und Besuchern entsprechend seiner Größe als „das Häusle" bezeichnet wird. Zum ersten Mal durfte ich einige Tage hier verbringen. Viele bedeutende Köpfe haben hier schon nachgedacht, gearbeitet, geschrieben, übernachtet. Endlich durfte auch ich in dem süßen Gefühl schwelgen, die Inspiration, die Atmosphäre dieses Häuschens auf mich wirken zu lassen.

In der sommerlichen Urlaubszeit fanden keine Veranstaltungen statt, auch die Leiterin des Schriftstellerhauses war verreist. Es herrschte absolute Ruhe. Und die genau hatte ich mir sehnlichst gewünscht, als ich wegen eines kurzen Arbeitsaufenthaltes angefragt hatte. Ungestört vom Alltag wollte ich meinen Gedanken nachgehen, in die Tiefe tauchen, Ideen sammeln. Und vielleicht, wenn denn die Muse zum Küssen bereit sein sollte, einiges zu Papier bringen. Nun blieb mir nicht mehr viel Zeit, und einen kräftigen Musenschmatzer hatte ich noch nicht verspürt. Die Ruhe wirkte fast schon beunruhigend. Aber darüber will ich mich nicht beklagen. Die Ruhe währte nicht lange.

Ich meine damit nicht den Verkehr, den ich in der ersten freudigen Stimmung fast nicht wahrgenommen habe, der aber hier unten im Kessel der Stadt Tag und Nacht die friedlich wirkende Ecke des Bohnenviertels, wie der Stadtteil genannt wird, geräuschvoll umbrodelt. Auch auf die Bäckerei, aus deren Backstube unter meinem Fenster schon in finsterster Nacht Geräusche zu mir heraufdrangen, lasse ich nichts kommen. Das ferne Gerumpel des Teigkneters, das blecherne Geklapper der Backunterlagen im Halbschlaf, das sind doch keine Störungen im Vergleich etwa dazu, tagtäglich mit vielen Menschen zusammenzukommen, auf alle Fragen antworten zu müssen, und wenn sie noch so dümmlich oder uninteressant sind. Nein, dieses Herumschrubben im Alltag, dazu nichtssagende Konversationen, diese sterbenslangweiligen Sitzungen, diese Gespräche, bei denen man sich selber nicht mehr zuhören mag, die zerstören jeden Gedanken, machen der Kreativität endgültig den Garaus.

Wohl versuche ich in Gesprächen solche Themen anzuschneiden, die mich brennend interessieren, tief berühren. Nach meiner Erfahrung wechseln die Gesprächsteilnehmer oft nach wenigen Sätzen das Thema, und wir sind wieder beim allgemeinen „Gesülze". Aber bitte, so ist das Leben. Lamentieren doch alle darüber, daß sie von ihren Partnern und Gesprächspartnern nicht verstanden werden, daß man aneinander vorbei redet. Warum sollte es mir da besser gehen?

Es muß sich schließlich nicht jeder mit jenen Fragen beschäftigen, die in meinem Kopf herumgeistern. Ob die Träger der Information im Universum masselose Neutrinos sind oder ob sie doch einige Elektronenvolt Ruhemasse drauf haben, mag wirklich kein unterhaltsames Gespräch hervorbringen. Und wir können nicht einmal sicher sein, ob diese Neutrinos überhaupt existieren.

Aber um Gottes Willen denken Sie jetzt nicht, ich wäre ein naturwissenschaftlich geschulter Mensch, der Ihnen über Problemfelder der Elementarphysik erzählen wird. Das bißchen, was ich von Überlegungen in der modernen Physik weiß, habe ich mir nur Angel esen. Wie bitte? Angel esen? Ach, angelesen! Ich werde Sie mit der trockenen Materie nicht auch noch langweilen. Allerdings packen mich oft solche Ideen am meisten, die nicht im Mittelpunkt von Gesprächen stehen. So habe ich zum Beispiel von dem weniger bekannten Dichter Jakob Michael Reinhold Lenz viel, viel mehr gelesen als von . . .

Aber die großen Namen nenne ich lieber nicht, sonst

blamiere ich mich doch noch bis auf die Knochen.

Außerdem habe ich lange genug schwadroniert, es wird Zeit in medias res zu gehen. Nach dem nächsten Satz, das verspreche ich, komme ich wirklich zur Sache.

Wenn ich im Schriftstellerhaus also endlich nach Herzenslust in die Nacht hinein lesen, nachdenken, fabulieren kann, ohne an häusliche und geschäftliche Verpflichtungen der kommenden Tage denken zu müssen, und schon morgens um vier frischer Brötchengeruch aus der Backstube zu mir im zweiten Stock hochsteigt, dann jubeln die Module des Gehirns, machen plötzlich auf längst verschüttete Welten aufmerksam, viele Schubladen öffnen sich nach Jahren wieder.

Ich mußte aufs Klo. Der viele Wein. Im Zimmer war es noch dunkel. Zum Austreten geht man in dem kleinen Häuschen aus dem Gästezimmer hinunter ins Erdgeschoß. Das ist nun mal ein sehr schmales Schriftstellerhaus, und wer Gediegeneres sucht, darf sich nicht mit brotlosen Künsten abgeben. Ich brauche zum Glück kein Viersternehotel und keine Konferenzräume, um Ideen, Innovationen, Entwürfe zu entwickeln.

Ich steige also die enge, gewundene Treppe hinunter. Im ersten Stock die Tür zur Bibliothek ist halb geöffnet. Ich höre Rascheln. Stocke. Da raschelt´s wieder.

Ich bin doch ganz allein im Haus!? Zwar gut angedudelt und noch leicht schwankend, aber doch ganz sicher der einzige Bewohner zur Zeit. Das Flurlicht fällt schräg in die Bibliothek, verliert sich auf den Buchrücken im Regal gegenüber.

Und wieder das Rascheln. Als ob jemand eilig blättern würde. Ich spähe aus dem Licht mit angehaltenem

Atem hinein. Für meine Augen liegt in der Bibliothek fast alles im Dunkeln. Und es hört sich an, als ob *der* da drin einzelne Seiten aus einem Buch herausreißen wollte.

Mich packt Panik. Fünf Tage lang gab hier nicht einmal eine Maus einen Pieps von sich und plötzlich in der Nacht kruschtelt jemand in der Bibliothek herum! Ich renne ins Erdgeschoß. Will die Haustür aufreißen. Sie ist zugesperrt. Na klar, ich schließe sie am Abend auch immer sorgfältig ab. Demnach kann niemand durch die Tür eingedrungen sein. Mein Hausschlüssel liegt oben auf dem Nachttisch. Wahrscheinlich ist außer mir niemand im Haus. Wie sollte jemand hereingekommen sein?

Mein Herz pocht laut. Kein Wunder. Bin schließlich die Treppen hinuntergerast. Und oben steht sicherlich bloß ein Fenster offen. Ein Sommernachtswind weht herein.

Also mutig und hinauf. Tür aufgestoßen. Mit einem Satz am Lichtschalter um die Ecke. Da klatscht und rasselt es. Mein Blick schießt in die Richtung der Geräusche. Tatsächlich. Ein Fenster steht offen. Der Wind blättert gelangweilt in einem aufgeschlagenen Buch, das auf dem Tisch vor dem gekippten Fensterflügel liegt.

Schweiß aus den Achselhöhlen, am Körper hinunter. Ich seufze erleichtert. Dann schaue ich mich um in der kleinen Bibliothek, erschauere.

Überall auf Tischen und Stühlen, auf Fensterbänken, auf Regalen, auf dem Boden liegen aufgeschlagene Bücher. Mancherorts gestapelt. *Das* war am Tage noch nicht. *Das* sieht ganz nach Arbeit oder nach heillosem Durcheinander aus. Nur – wer hat *das* angestellt? Warum?

Sprinte ich jetzt raufwärts, um den Schlüssel zu holen oder eile ich gleich runter und springe durchs Fenster? Bevor ich einen klaren Gedanken fassen kann, stehe ich schon im Erdgeschoß. Ich rufe „Hallo – ist da wer?". Nichts rührt sich. Zu meinem Erstaunen sind alle Fenster gut verschlossen. Hier konnte niemand eingestiegen sein. Trotzdem ist mir mulmig zumute. Und wie! Man ist nach einer Nacht im Zwielicht der beginnenden Morgendämmerung doch mimosenhafter, zittriger als sonst.

Ich reiße mich zusammen. Schleiche leise zu meinem Zimmer hinauf. Sitze kurz auf dem Stuhl vor dem Schreibtisch. Höre das Fenster in der Bibliothek, wie es gerade wieder zuklappt. Oder aufspringt? Vielleicht Vorgewitterwindböen? Ich ziehe mich hastig an, denn beim nächtlichen Lesen, Schreiben hocke ich meistens unbekleidet vor dem Tisch. (Also gut, daß ich nicht gleich durchs Fenster entflohen bin.) Dann greife ich nach dem Schlüssel und nichts wie ab. Ich laufe in den Park, um meinen Kopf auszulüften. Windstöße packen die Baumkronen und schütteln sie kräftig. Bis die Bäume winseln. Auf den Parkbänken sehe ich seltsame Gestalten, auch auf dem Rasen, unter den Büschen. Liegend, kniend, eng umschlungen. Schlafwandelnd in die beginnende Morgendämmerung. Ich erkenne den Park fast nicht wieder, war zuvor nie um diese Zeit dort unterwegs. Ein Blätterrauschen wie in einem Antonioni-Film.

Zurückgekehrt zum Schriftstellerhaus schließe ich auf, wohlweislich darauf achtend, daß ich beim Weggehen den Schlüssel zweimal im Schloß umgedreht hatte. Alles in Ordnung.

Auch in der Bibliothek alles in bester Ordnung. Alles

wieder picobello aufgeräumt. Kein einziges aufgeschlagenes Buch mehr.

Aber das erschreckt mich jetzt nicht mehr. Im Gegenteil.

Die frische Luft hatte alle unsinnigen Gedanken vertrieben. Mir fiel ein, daß einige Schriftsteller in der Stadt einen Schlüssel zu diesem wundersamen Haus haben. Ob sich die „Wunder" bald als Streich entpuppen würden? Spielte mir jemand einen Schabernack? Ein kleiner Überraschungsgruß übermütiger Kollegen? Auf Anhieb kamen mir Namen in den Sinn, vor allem von Satirenschreibern, kabarettistisch veranlagten Freunden. Tagsüber würden diese Herrschaften mit einigen Flaschen Wein anrücken und sich köstlich amüsieren bei der Vorstellung, daß ich fast in die Hose gemacht hatte. (Hätte ich in dieser Nacht welche angehabt.)

In gelöster Stimmung verbrachte ich den Tag. Ich las viel. Ging ich zum Einkaufen, hängte ich ein Zettelchen ins Türfenster: Bin gleich zurück.

Niemand meldete sich, um auf den nächtlichen Spaß mit mir anzustoßen. Wie ich schon sagte, lag mir auch nicht viel daran, kostbare Stunden der noch immer sehnlichst erwarteten Kreativität nutzlos zu verklönen, nicht einmal mit den liebsten, scharfsinnigsten, humorvollsten Vertretern respektive Vertreterinnen der hiesigen Literatenszene. Andererseits hätte ich schon gern gewußt, wer die Scherzbolde zur Schlafenszeit gewesen waren.

Abends um zehn – hundemüde nach der vorangegangenen, fast schlaflosen Nacht – ahnte ich bereits, daß diese Leute lieber im dunklen Bühnenhintergrund bleiben wollten, wohl um erneut ein Spektakel mit mir

zu veranstalten. Damit sie sich noch ausgiebiger amüsieren konnten. Vielleicht hockten sie schon in einer
der vielen Kneipen des Bohnenviertels und warteten
nur darauf, daß mich der Schlaf übermannt.

Aber nicht mit mir, Freunde!

Ich schritt das ganze Haus ab. Schloß alle Fenster
gründlich. Klebte zwischen Haustür und Türrahmen
einige Kopfhaare à la James Bond. Meine Zimmertür
ließ ich einen breiten Spalt offen. Schlitzohr & Co.
würden mir nicht noch einmal durch die Lappen
gehen!

Stundenlang saß ich am Schreibtisch. Las, machte
Notizen, kaute meistens am Stift. Unterstrich bemer-
kenswerte Sätze, wie den aus „Beginnlosigkeit" von
Botho Strauß: „Nicht nur der Wanderer wandert, son-
dern auch die unerreichbaren Orte." Ich fand's gar
nicht dumm, was dieser Strauß schrieb. Zum Beispiel
über die Verblödung.

Aber ich kann's mir nicht leisten, zu verblöden. Dazu
bin ich nicht bedeutend genug.

Der Sekundenzeiger schien mühsam zu kriechen. Alle
diese Geräusche, die man in einsamer Nacht wahr-
nimmt! Doch ich orte nichts Verdächtiges. Oder? Ein
dumpfer Schlag. Kam er von draußen? Wie alles hier
arbeitet! Sich ausdehnt. Oder schrumpft. Knackst. Kni-
stert.

Wußten Sie eigentlich, daß in jeder Sekunde etwa 66
Milliarden Neutrinos eine Fläche von der Größe Ihrer
oder meiner Nasenspitze durchfliegen? Wenn ich mir
das nur vorstelle! Ich sage nur ein Wort wie „Ewigkeit"
oder spreche das Wort „Verblödung" aus, und just in
dieser Zeit sind schon wieder 66 Milliarden von diesen
winzigen Korpuskeln durch meine Nasenspitze ge-

saust. Ich habe eher eine breite Nase. Durch besonders spitze Nasen wie etwa durch die von Michael Jackson, diesem Lebenskunstwerk par excellence, düsen vielleicht ein paar Milliarden Neutrinos weniger. Doch was sind schon einige Milliarden hin oder her? In der heutigen Zeit. Mehr als 60 Milliarden in einer Sekunde durch die Nase hindurch!

Wenn ich meinen ganzen Körper betrachte. Oder den Mount Everest, den die Einheimischen Chomolungma nennen. Wie viele Neutrinos rasen, während ein Tibeter eine Tasse gesalzenen Yakbuttertee getrunken hat, durch den höchsten Berg der Erde? Wie viele durchbohren unseren Planeten? Das Universum? Alles, alles wimmelt, ist voll von diesen Neutrinos.

Schon die Vorstellung, daß ich aus Milliarden von Atomen beziehungsweise Molekülen bestehe, die sich ununterbrochen in meinen Zellen kreuz und quer bewegen, finde ich schwindelerregend. Verrückt das Ganze: *Mir wird ganz schwindlig vor den Menschen. Es wird mir ganz angst um die Welt, wenn ich an die Ewigkeit denke. Ewig: das ist ewig, das ist ewig – nun ist es aber wieder nicht ewig, und das ist ein Augenblick, ja ein Augenblick – Woyzeck, es schaudert mich, wenn ich denke, daß sich die Welt in einem Tag herumdreht! Was'n Zeitverschwendung! Wo soll das hinaus? Woyzeck, ich kann kein Mühlrad mehr sehn, oder ich werd melancholisch.* Und nun sagen Sie mal, wie geht's Ihnen, wenn Sie hören, daß zwischen diesem Gewusel und Gewimmel an Molekülen, Atomen, Elektronen, die alle in einem menschlichen Körper milliardenfach herumgeistern, daß dazwischen noch Scharen von Neutrinos durchrasen, andauernd.

Ja, wer bin ich denn? Die reinste Durchgangsstation!? Ich werde ständig durchlöchert. Bin mehr Loch als Substanz. Und jedes Ding, wenn diese Dinger über-

haupt ein Ding sind – ich meine, wenn die Neutrino-
teilchen überhaupt Masse haben –, existiert von
Anfang an, fliegt überall herum, durch alles hindurch
und soll auch noch ewig sein. Wenn man diesen
modernen Abenteurern der Elementarteilchentheorie
Glauben schenken darf. Und manchmal glaube ich
ihnen. So wie ich glaube, daß bei manchen Menschen
– wie Jacko Michael oder Jakob Michael – Leben und
Kunst eine Einheit bilden. Und bedenken Sie nur,
durch welche Welten diese ewigen Neutrinoscharen
schon hindurchgerast sind, was sie erlebt und erfahren
haben, was sie in sich bergen an Information, an Wissen!

Meine Augenlider fielen immer öfter zu. Das Licht der
Schreibtischlampe rieb die Hornhaut rauh. Kopf-
schmerz setzte ein. Herrgottnochmal! Ich bin in dieses
Schriftstellerhaus gekommen, weil ich schöpferisch
tätig sein wollte. Nun saß ich wachend da und mir
wuchsen radioteleskopgroße Ohren. Trotz Anspan-
nung wurde die Müdigkeit unerträglich.

Ideen wollte ich sammeln. Und dann schnell, schnell
zwei, drei Geschichten herunterschreiben. Endlich
raus aus dem Trott, aus der Alltagshetze, aus den
Anforderungen und Nervereien der letzten Monate.
Endlich einige Tage Ruhe und Abgeschottetsein, dachte ich. Und dann diese Ladehemmung! Diese Leere auf
dem Papier! Schließlich die idiotische Zeitverschwendung, die mir werte Kollegen eingebrockt haben.

Ich ging aufs Klo. Ja, der viele Wein mal wieder. Ich
schlurfte in Trance. Von mir aus hätten Totenschädel
mit klapperndem Gebiß aus den Wänden lugen können. Die ausgestreckte Hand einer eisernen Rüstung

hätte mir die Treppe verstellen können. Nichts mehr hätte mich erschüttert. Kein leibhaftiger Faust aus Knittlingen, kein Simplizissimus, keiner aus Jagsthausen hätte mich noch aus der Fassung bringen können.

Ein uraltes Haus, gewiß. Dieses dicke Gemäuer. Und die Nischen im Gewölbekeller. Was die schon erlebt haben! Mir doch wurscht. Ich schlief schier im Gehen ein, hätte mich an Einzelheiten eh nicht erinnern können. Wie auch immer, irgendwann landete ich wieder oben, lag erschöpft auf dem Bett und dachte nur noch an Schlaf, süßen Schlaf.

Da tat sich etwas. Von unten? Ein eigenartiges Geräusch. Wie – – –, ja wie ein Röcheln.

Ich schreckte hoch. Horchte aufgeregt. Da. Schon wieder. Ein deutliches Aufröcheln. Jetzt war ich wach. Wacher geht´s gar nicht.

Was würden Sie denn tun in solch einem Moment, in einem einsamen Haus? Notruf wählen? Die Flucht ergreifen? Was ist hier los? Was geht hier vor? Geht´s noch um einen Scherz, der langsam unerträglich wird? Haben Spukgeschichten doch einen realen Kern?

Es passiert etwas, mit mir etwas, fraglos. Und ich darf nicht an die mächtigen Mauern unten im Keller denken. Sonst dreh´ ich durch.

Ich verharrte regungslos. Hörte ab und an das Geräusch. Ich dachte an einen Schnarchenden und näherte mich somit reelleren Vorstellungen. Beruhigend fand ich die Überlegung allerdings auch nicht, daß da jemand eingedrungen sein könnte und jetzt unten schnarcht. Ich schlich auf den Flur und legte den Hörer des Telefons neben die Gabel, damit ich im Falle einer Falle schnellstens wählen konnte. Tastete mich mit angehaltenem Atem weiter, die Treppen hinunter.

Schlüssel in der rechten Hand. Bei leisestem Anzeichen einer Gefahr würde ich je nach Standort nach oben oder unten losrasen. Vielleicht in die Freiheit? Oder zumindest an den Fernsprecher. Eins, eins, null. Damit man mich wenigstens finde. In welcher Verfassung auch immer. Und Schritt für Schritt weiter. Nun spürte ich überdeutlich, daß etwas anders war als zuvor. Aber was? Man registriert manchmal Veränderungen, das Andersartige, lange bevor unsere bekannten Sinne zu ordnen beginnen.

Und schlagartig wurden mir Zusammenhänge bewußt. Ihr Halunken!, dachte ich. Ihr Halunken, jetzt zahl´ ich´s euch heim. Ich sprang in die Küche. Und tatsächlich, es roch nicht nur nach Kaffee, aus dem Filter der Maschine tröpfelte es noch. Im schwachen Licht, das von der Außenbeleuchtung in die Küche drang, konnte ich allerdings niemanden entdecken. Ich schrie triumphierend, daß dieser Spaß nun vorbei sei. Ein vielstimmiges Gekicher hatte ich erwartet, doch es blieb im ganzen Haus still. Ich drückte auf den Lichtschalter. Niemand zu sehen. Ich untersuchte alle Fenster und die Tür. Keine Spur von einem Eindringling. Ab und zu schnaubte noch die Kaffeemaschine.

Um Himmels Willen, wer kocht hier, wer arbeitet in der Bibliothek, wer stellt mich dermaßen auf die Probe? Ich glaub´ doch nicht an Gespenster und Schauermärchen! Ich glaub´ doch nicht an Teufel und Dämonen! Daß aus dem Kellergemäuer böse Geister aufsteigen, nur um mir Angst und Schrecken einzujagen. An die Existenz böser Mächte, außer in den Menschen selbst, glaube ich einfach nicht. Wozu sollten sie gut sein? Wozu sollten sie einen unbedarften, unschuldigen Menschen quälen? Doch sofort waren da auch Zweifel. Bin ich wirklich ohne Schuld?

Gerade jetzt. Von zu Hause ausgebüchst. Muß mich um unser Kleinkind nicht kümmern. Keine Hausarbeiten erledigen. Kein Einkauf, kein Kochen, keine Windeln. Keine abendlichen Erziehungsgespräche. Meine berufstätige Frau hat gerade alles allein am Hals. Ich muß auch keine Briefe beantworten, keine Anrufe entgegennehmen. Bin auch eigentlich nicht auf Geschäftsreise. Rede mit niemandem, habe keine Besprechungen, keine Sitzungen, nicht einmal einen Lesungstermin in diesen Tagen. Vieles, das tagtäglich ansteht, muß mich nicht beschäftigen. Der Kopf ist endlich frei für die Kreativität. Und was mache ich? Nichts. Bin bloß eine Ansammlung von Hohlräumen, durch die Neutrinos rasen. Mache mir einen schönen Lenz. Saufe Wein. Schmökere in Büchern, die gar nicht auf meinem Leseprogramm stehen. Meine Schreibblöcke grinsen mich leer an.

Ich wußte nicht weiter. Probierte von dem Kaffee. Er schmeckte sehr bitter. In diesem Moment fand ich ihn gerade so genießbar. Hockte auf dem Küchenboden, schlürfte den Trank, von wem auch immer zubereitet. Unmißverständlich spürte ich, daß ich nicht allein war. Vor Erschöpfung schossen mir Tränen in die Augen. Einen großartigen Ausbruch an Kreativität hatte ich von diesen Tagen erwartet. Und saß jetzt auf dem kalten Boden, zusammengebrochen, entnervt, verzweifelt. Mit unsichtbaren, unbegreifbaren Mächten kämpfend. Nach dem zweiten Becher Kaffee ging's mir etwas besser.

Wieder oben im Zimmer, setzte ich mich an den kleinen, braunen Schreibtisch. Biß auf die Unterlippe. Hier war doch etwas faul, konnte nicht mit rechten Dingen zugehen. Es wisperte und flüsterte aus allen Ecken. Nur was los war, was zum Teufel!, verstand ich nicht.

Lange starrte ich vor mich hin. Mein Kopf war zum Zerplatzen voll.

Da. Da auf einmal wußte ich es ganz sicher. Dieser Jemand, dieses Wasweißichwas steht bereits hinter mir. Dieses Wesen, diese Kraft, wer oder was auch immer. Und ich kann mich nicht umdrehen. Wer vermag es schon, dem Unheil in die Augen zu schauen?
Leuchtende, glühende, vielleicht ausgebrannte Augen? Schweben sie? Oder ist es ein unsichtbares Wesen, dessen Berührung man nur wahrnehmen wird? Ein kalter Schauder, der den Rücken hinunterläuft. Wie kalt? Es ist die Stunde der Wahrheit. Und man hält den Nacken ergeben hin.
Um mich aus meiner Schockstarre zu lösen, langte ich irgendwann vorsichtig nach dem Gästebuch, das vor mir lag. Schlug es behutsam auf. Eine eigene Eintragung hätte nichts mehr genützt. Wenn´s denn doch ein böswilliger Eindringling gewesen sein sollte. Oder gar niemand, der erst eindringen mußte! Im Gästebuch standen auf der aufgeschlagenen Seite Dankesworte einer Jugendbuchautorin, die ich außerordentlich schätze. Und plötzlich ein Gefühl: sie genau stehe hinter meinem Rücken. Völlig unmöglich! Ein absoluter Quatsch. Mich umzudrehen traute ich mich jedoch nicht. Im Kopf die Vorstellung von diesen leuchtenden Augen. Dann ein grauenhafter Aufschrei, wenn das da hinter mir . . . . und mit voller Wucht . . . .
Immerhin hatte ich den Mut, vorsichtig umzublättern. Und so las ich allmählich alle Eintragungen von den Schriftstellern, die vor mir hier in diesem Haus nachgedacht, in diesem Zimmer, auf diesem Stuhl gesessen und geschrieben hatten. Nachdem ich das Gästebuch durchgeblättert hatte, zog ich die Almanache des

Schriftstellerhauses heran, die ebenfalls vor mir auf dem Schreibtisch lagen. Selbstvergessen las ich, las die Gedichte und Geschichten all jener Autoren, die einmal Gäste hier gewesen waren. Seltsam, daß ich sehr oft dachte, sie, aus deren Federn ich gerade las, sie stünden in jenen Minuten gerade hinter mir. Lange schon verspürte ich keine Angst. Ich war eher völlig überdreht und kicherte vor mich hin. Lachte manchmal laut auf. Absichtlich drehte ich mich nicht um. Rauchte dafür kräftig und trank wieder ordentlich von dem Wein. Schließlich, voll Übermut, warf ich mit einer heftigen Bewegung die ausgedrückte Zigarettenkippe hinter mich. Sie machte ein Geräusch, wie wenn sie an etwas Weiches trifft und dann auf den Boden fällt.

Ruckartig drehte ich mich um. Die halboffene Zimmertür bewegte sich leicht. Ich sprang auf, rutschte aber aus und landete auf dem Bauch. Waren das Schritte, die sich behutsam auf der Treppe entfernten? Jetzt erst registrierte ich, daß es inzwischen taghell geworden war.

Ich duschte ausgiebig, zog mich an, ging frühstücken in ein nahes Stehcafé. Daß ich keine Spur von meinen Besuchern finden würde, dessen war ich mir mittlerweile ganz sicher. Erst heute weiß ich, wie sehr ich mich an jenem Morgen geirrt habe.

Jedenfalls mußte ich an so einem Tag wegen mangelnder Arbeitslust kein schlechtes Gewissen haben. Ich bitte Sie! Nach solchen Nächten? Ich besuchte die Staatsgalerie, wo ich gelegentlich gerne vor meinen Lieblingsbildern ein Stündchen sinniere. Ich schlenderte durch die sonnigen Einkaufsstraßen, genoß es, nichts zu kaufen, nichts zu brauchen, genoß mein

Alleinsein in der geschäftigen Hektik. Sah mir im Nachmittagskino „JFK" an und kam entkrampft nach Hause. Als *mein* Zuhause empfand ich dieses Häusle, die vergangenen Nächte ängstigten mich kaum mehr, pfeifend lief ich durch alle Stockwerke.

Alles in Ordnung. Alles normal, real, unumstößlich real. Und ich? Die Augen wie Glut, so übernächtigt und aufgekratzt war ich. Trank noch ein wenig, schaltete das Radio ein und warf mich aufs Bett. Die Erdanziehung schien sich vervielfacht zu haben. Das magische Auge des Geräts wurde leuchtend grün, zog sich zu einem Strich zusammen, wie ein Katzenauge, dann dudelte Musik. Später folgten Ansagen, irgendeine wissenschaftliche Sendung begann. Mit einem kleinen Ohr hörte ich zu. Meine Ohrmuschel begann erst zu wachsen, als der Sprecher von Spiegelungen der Phantasie und deren Materialisierungstendenzen sprach. Von gewaltigen Kräften geistiger Energie, die sich in die gegenständliche Welt hinein eruptieren würden.

Hei, rief ich. Redet ihr nicht genau über meinen Fall?

Ja, das tun wir, antwortete das alte Graetz-Radio. Sein magisches Auge glühte wie ein grüner Stern.

Und was geht hier ab? Wollte ich wissen.

Es gibt zwei Erklärungsvarianten. Tönte es aus dem stabilen, fein abgerundeten, braunen Holzkasten, aus Lautsprechern hinter einem beigen Stoff. Mir fiel ein, wie oft ich in den vergangenen Tagen dieses uralte Gerät angeschaut hatte, dessen Licht, Ton und Ambiente mich jedes Mal in die Kindheit versetzte.

Es erzählte weiter. Wir sprechen von sogenannten Übersprungsreaktionen. Sie sind eher aus der Tierwelt bekannt. In der Isolation und unter vergleichbaren Umständen entladen sich lange aufgestaute Energien in Reaktionen, die außergewöhnlich sein können und von denen die Ausführenden vermutlich nicht bewußt Notiz nehmen.

Ja, ja, das habe ich aus dem Biounterricht noch im Gedächtnis, murmelte ich. Aber die andere Erklärung? Ihr spracht doch von Materialisierungstendenzen!

Diese Erklärung ist wesentlich subtiler. Die entscheidende Frage lautet, ob Neutrinos Ruhemasse besitzen. Sollten sie nämlich Träger der Informationen des Weltalls sein und trotzdem ohne Masse, sollte sich gar bewahrheiten, daß trotz der Einsteinschen Gesetze Informationen schneller als das Licht jeden Punkt des Universums erreichen können, dann wäre es denkbar, daß ein sensibler Empfänger an einem geeigneten Ort eine Unzahl an Informationen aus unterschiedlichen Zeitebenen wahrnehmen kann. Nur schimärenhaft, versteht sich.

Könnte ein Schriftstellerhaus ein geeigneter Ort sein? Ich fuchtelte mit beiden Armen vor Erregung.

Aber natürlich. Brummte das Radio. Denkbar ist jeder Ort, wo intensiv nachgedacht wurde und wird. Es machen schließlich viele Menschen die ungewöhnlichsten Erfahrungen. Wußtest du das denn nicht? Du bist wirklich nicht der einzige.

Ja, aber wieso erzählt niemand ehrlich von diesen Erfahrungen? Gibt es da mehr zu erzählen als erfundene Gruselgeschichten?

Der gute, alte Graetz-Kasten! Auf seiner Mittelwellenskala so viele Städtenamen verzeichnet. Und wenn ich als Kind stundenlang vor so einem Radio saß, überlegte ich oft, wo alle diese Städte wohl liegen, wer dort lebte, was die Menschen dachten und taten, während zwischen Rauschen und Geknackse, zwischen Gesumm und Tüllülü, Pieptöne und unverständliche

Wortfetzen zu hören waren. Dieses Radio, der gute, alte Kasten, brummte mir eine Antwort zu.

Hör zu, Kleiner. Ihr seid doch alle meistens ängstlich und abgelenkt. Oder zu oberflächlich, zu volksverdummt. Wahrhaftigeres wollt ihr eher verdrängen als wahrhaben. Und obwohl ihr ständig auch alles Wahre wahrnehmen könntet, wollt ihr Wahres doch lieber nicht für wahr nehmen. So quasselt ein jeder eher rund um die Uhr dummes Zeug, als nur eine Minute von seiner tiefen, einmaligen Wahrheit zu erzählen. Ich als uraltes Radio weiß das zur Genüge.

Und die Beweise? Habt ihr Beweise für die Materialisierung? Habt ihr Beweise für das Wahrhaftige? Für Informationen aus diversen Zeit- und Raumebenen? Und gibt es diese Neutrinos? Haben sie nun Masse oder haben sie keine?

Beweise? Das Radio krächzte leicht gekränkt. Hmm, Beweise... – Gemäß der Heisenbergschen Unschärferelation gestaltet sich jeder Beweis nach der jeweiligen Anordnung des Experiments durch den Experimentator. Das bedeutet, daß jeder für sich selbst entscheiden muß, was er gehört, gesehen, empfangen hat.

Ich fing zu jammern an: Das ist doch nur eine blamable Ausrede. Wenn jeder selber entscheiden darf, bleibt doch die Wahrheit wieder auf der Strecke, bleibt alles beliebig. Ich brauche sichere, eindeutige Beweise. Sonst denkt der Leser, jede Entscheidung sei Ansichtssache, jede Meinung opportun, jede Schweinerei in dieser Welt vertretbar.

Ich wurde immer lauter.Immer wütender rief ich nach unwiderlegbaren Beweisen. Bis mir allmählich klar wurde, daß ich ein armes, betagtes Radio anpöbelte. Das grüne Auge starrte mich entgeistert an. Der Sender brachte einen Bericht über den Physiker Wolfgang Pauli und seine Neutrino-Theorien.

Ich sagte in Richtung Rundfunksprecher: Hallo, hören Sie mich noch? Er sprach ohne Unterbrechung weiter. Und ich mußte über mich lachen. Was hatte ich wieder mal im Halbschlaf alles zusammenphantasiert.

War's Tag, war's Nacht? Mein Fieber, mein Fieber, mäßige dich. Laß uns endlich schlafen. Lang und tief und süß.

Kurz dachte ich noch an Lenz. An Jakob Michael, wie er über das Schicksal der Schriftsteller schreibt, daß es unter allen Erdensöhnen das bängste, das traurigste sei.

Wer liest sie? wer genießt sie? – Wer verdaut sie?

Wo ist da lebendige Vorstellung der tausend großen Einzelheiten, ihrer Verbindungen, ihres göttlichen ganzen Eindrucks?

Einheit des Orts – ?

Einheit der Zeit – ?

Dann erlosch auch der letzte Funke des Wachseins in meinem Kopf.

Irgendwann wachte ich wieder auf. Das alte Radio erzählte noch munter weiter.

Ich mußte aufs Klo. Der viele Wein, Sie wissen's schon. Schwankend, benebelt torkelte ich die Treppen hinunter. Erst beim Heraufkommen hatte ich den Eindruck, daß es in der Bibliothek zuvor einiges heller gewesen sein mußte. Ohne Licht zu machen, trat ich ein. Auf dem Tisch in der Mitte lag ein manuskriptartiger Stoß von Blättern. Ich fühlte mich auch für den leisesten Gedanken zu müde, nahm die Blätter mit, warf sie auf meinen Schreibtisch, fiel ins Bett und schlief sofort ein. Ich weiß nicht, wie lange ich geschlafen habe. Aber nach diesem langen, tiefen Schlaf, als ich dann das Manuskript mit der teilweise zittrigen, krakeligen, verschmierten Schrift auf dem Schreibtisch meines Gästezimmers im Schriftstellerhaus durchblätterte, ahnte ich bereits, daß ich nun doch einen Beweis in der Hand hielt.

Das erste Blatt trug die Überschrift „Medium".

Ich begann zu lesen:

Mitunter muten Ereignisse geheimnisvoll an. Später...

Kursiv ausgewiesene Zitate aus Georg Büchners „Woyzeck"
und aus Schriften von Jakob Michael Reinhold Lenz.

Gleich vertraut und gleich befremdlich

In Windhuk am zweiten Tag im Supermarkt. Der erscheint mir auch im fernen Afrika vertraut. Die gleichen Regalreihen mit Gläsern, Dosen, Päckchen und allerlei. Wüsten, Savannen, Dschungel sind weitab der Großstadt. Dafür Werbeschilder in gleicher Aufmachung wie in Europa, für die gleichen Waren. Vorne Kasse an Kasse, ganz gleich wie zu Hause.

Und gerade weil die Atmosphäre, das Ambiente eines jeden Supermarkts mir wie mein täglich Brot vertraut erscheint, befremdet mich der Anblick der Warteschlangen an den Kassen. Hinter den bekannten Einkaufswagen stehen fast nur Menschen dunkler Hautfarbe. In dem Augenblick, als mir das bewußt wird, befremdet mich das Andersartige kaum mehr.

Am dritten Tag schau´ ich mir Gesichter genauer an, der Reiz des Ungewohnten.

Am vierten Tag im Freibad, schläfrig in die heiße Januarsonne des südlichen Wendekreises blinzelnd, rätsele ich nur noch, warum ich manchem Körper länger hinterherschaue. Ob weiß, braun oder schwarz, dort am Beckenrand oder beim Sprung ins kühlende Naß: Farbunterschiede verschwimmen. Wohlgeformte Körper steigen wieder aus dem Wasser, Erotik perlt von den Schultern. Gleich welchen Kolorits.

Die Hügel hinter den Palmen im Wind, von welcher Tönung auch immer, gefallen mir schließlich auch nicht alle gleich. Einige schmiegen sich viel anmutiger in den königsblauen Himmel. Wie Schultern, Brüste, Fäuste in vielen Schattierungen von braun und gelb, auch türkis und felsfarben. Und über all den Formen, den wohlgerundeten, den kantigen, den schrägen, – das dort oben ist vielleicht ein Kaiserwetterblau? So sinniere ich, während meine Gedanken aus dem Windhuker Freibad des seit kurzem unabhängigen Namibia in die Kolonialgeschichte des ehemals deutschen Südwestafrika abgleiten, und es bleibt mir beim heimeligen Wegdösen im warmen Wind nur noch befremdlich, daß es gerade erst fünf Tage her ist, seit ich im klirrend kalten Allgäu die Kerzen am schon kräftig nadelnden Christbaum angezündet habe.

Am sechsten Tag fragt mich jemand, von dem es heißt, daß dieser Mensch schon immer ein gottgefälliges Leben geführt habe, ob es mir denn nichts ausmache, mit einem Bus durchs Land zu reisen, der nur von Schwarzen benutzt werde, neben so einem … „na ja" zu sitzen! Diese Frage befremdet mich entsetzlich. Denn wer mich fragt, ist zwar von gleicher Hautfarbe und Sprache wie ich, aber von Geburt an hier in Afrika zu Hause. Wie seine Eltern, Groß- und Urgroßeltern.

Und nun rätsele ich doch.

Rätsele, ob Er, von dessen Sohn wir so gern unterm Weihnachtsbaum Kindern liebevoll erzählen, ob Er gut daran getan hat, sich am siebten Tag auszuruhen. Hätte Er voraussehen können, daß zur gleichen Zeit, während einige wenige Weiße im Freibad von Windhuk unbekümmert und unbehelligt unter den einheimischen Schwarzen das Kaiserwetter genießen, daß zur gleichen Zeit in einer europäischen Stadt ein einsamer Afrikaner von jungen Deutschen in Springerstiefeln zu Tode getrampelt wird? Man habe Anlauf genommen, um mit voller Wucht dem auf der Erde liegenden ins Gesicht springen zu können, wird zu Protokoll gegeben. Das Krachen zersplitternder Knochen sei hörbar gewesen.

Vielleicht hätte Er am siebten Tag nicht ruhen dürfen? Vielleicht hätte Er sein Werk vom Vortage noch einmal überdenken müssen, nur schwarze Erde, dunklen Ton nehmen sollen, wenn Er denn der Gütige ist, wie man von Ihm unter Christbäumen erzählt, die nach zwei Wochen nadeln und auf den Müll geworfen werden – im fernen, winterlichen Europa? Sinniere ich weiter und schaue in Seinen herrgottblauen Himmel.

Dein Bild von mir
Eine Afrikanerin erzählt

Die halbe Nacht. Und den halben Tag. Aus den Usambara-Bergen nach Dar es Salaam saßen wir im Bus nebeneinander.

Manchmal schaute ich dich an: Wie du wach zu dem Kürbis-Mond über den Schirmakazien sahst und wie du immer wieder einnicktest, als der Tag anbrach. Ich zog mein Kanga-Tuch fester um Hals und Arm, als auch mein Kopf schläfrig zur Seite sank. Du schautest mich mit hellen Augen an, als dein Kopf von der Lehne des Sitzes vor uns beim nächsten Schlagloch aufschreckte.

Wenn unsere Blicke sich manchmal trafen, in der Dunkelheit und im Licht, sah ich in deinen Augen etwas, was du in den meinen vielleicht auch erahnt hast.

Ich sah, wie du am Morgen dein verzotteltes Haar glattkämmtest. Sahst du auch, wie ich das Tuch vom Kopf langsam nach hinten gleiten ließ, wenn der morgenfrische Fahrtwind nicht zu stark durchs zerbrochene Seitenfenster blies?

Sahst du mein krauses Haar, zu feinen Zöpfchen geflochten?

Einmal botest du mir von deinen Zigaretten an, reichtest das Feuerzeug. Und ich nickte, dir zum Dank. Wir sprachen kein Wort. Unsere Sprachen sind zu verschieden.

Als ich in den Außenbezirken von Dar aussteigen wollte, erhob ich mich. Und nickte dir kurz, wie schon einmal, zu. Du lächeltest. Und ich gab dir dafür mein Lächeln.

Vielleicht hätte ich das alles nicht gedurft. Aber ich wollte es.

Als ich ausgestiegen war, zücktest du deinen Fotoapparat, schossest aus dem Fenster – das Bild.

Ich runzelte die Stirn und ging.

Ihr Weißen seid manchmal sehr seltsam. Nun hast du ein Bild von mir. Schwarz auf weiß. Im Kasten.

Wenn du mich fast vergessen haben wirst, bleibt dir nur dieses Stück Papier: Ein mürrisches Gesicht, das allmählich vergilbt.

Ich aber werde noch lange dein Lächeln für mich behalten.

Namenlose Heimkehr

Weißt du, Roland, deine Tränen tun wohl.

Ich weiß nunmehr, daß eine Berührung mehr bedeuten kann als bloße Begegnung. Ich habe begriffen, daß deine Hände eine ganze Welt hätten geben können. Fast. Es fällt schwer, unheimlich schwer, an dich zu denken. Das fassungslose Zucken deiner Schultern immer wieder vor Augen. Dann die Luft, die wie brüchig aus deinem Brustkasten dringt. Verzerrte Töne des Leids.

Mir ist hundeelend, während der Film in endlosen Wiederholungen vor meinen Augen abläuft. Du spieltest darin die bedeutendste Rolle in den letzten Jahren. Bevor ich endgültig gehe, will ich wichtige Bilder dieses Filmes aufzeichnen. Auch wenn du das meiste oft genug aus meinem Mund gehört hast, in aller Ausführlichkeit.

Wir haben uns bis zu dem Tag, als ich mich von dir getrennt habe, nicht vorstellen können, daß es stärkere Gefühle geben könnte. Stärker als unsere Liebe. Du wärst es wert gewesen, weiter und weiter nach einem Weg zu suchen. Aber ich pack's nicht mehr und habe bereits alles gepackt. Vermutlich gibt es nichts Elenderes, als wenn äußere Umstände tiefe Bindungen zweier Menschen auf die Zerreißprobe stellen, bis die Spannung unerträglich wird.

Als meine Mama mir mit fünf Jahren gesagt hat, ich solle meine Sachen zusammenpacken, denn nun ginge es nach Deutschland, war das für mich so aufregend wie wenn zu dir in dem Alter deine Eltern gesagt

haben: „Komm, Roland, wir gehen heute in die Wil-
helma." Nur daß man in deinem Falle keine zwanzig
Jahre im Zoo verbringt.

Aber die Tragweite dessen war damals vollkommen
jenseits meines Horizonts. An die schrecklich lange
Autofahrt erinnere ich mich noch, denn mir ist dauernd schlecht geworden. Und endlich waren wir in
Deutschland. Es bestand aus einem Zimmer in einer
Baracke auf dem Werksgelände, wo mein Vater schon
ein Jahr gearbeitet hatte, bevor er uns schließlich zu
sich holte.

Es folgten Jahre, die kaum von denen irgendeines
Arbeiterkindes hier bei uns in Deutschland zu unter-
scheiden sind, wenn das Kind den Sprung auf die Real-
schule gewagt und geschafft hatte.

Und doch, wenn ich diese Worte „bei uns" nieder-
schreibe, geht es mir scheußlich.

Die Sprachschwierigkeiten in den ersten Klassen
waren unangenehm, doch vergaß ich bald, daß ich
keine Deutsche bin. Es war eigentlich gar nicht, daß ich
es vergaß, vielmehr kam es mir gar nicht in den Sinn,
darüber nachzudenken. Es wurde selbstverständlich,
mit meinen Eltern türkisch, mit meinen Freundinnen
deutsch zu reden. Ich erinnere mich noch gut daran,
wie betreten meine Eltern schwiegen, als ich darauf
bestanden habe, „bei uns" äße man doch eher Schwei-
nefleisch und nicht Hammel. Ein härterer Brocken war
allerdings, als ich samstags in die Disko wollte. Die
Auseinandersetzungen zogen sich über Wochen hin.
Ich argumentierte, daß alle meine Freundinnen in die
Disko durften, weil das „bei uns" eben so sei.

Und dich, Roland, dich mußte ich zunächst ganz ver-
heimlichen. Eigentlich wollte ich dich nicht nur vor
meinen Eltern, ich wollte dich vor der ganzen Welt

verstecken. Eine unheimliche, tief wurzelnde Angst schlich gelegentlich hinter den Augen durch meinen Kopf, wie ein Alpdruck: Sie werden dich mir wegnehmen! Aber wer hätte uns entzweien können? Später hielt ich solche Gefühle und Fragen für Ängstlichkeiten und Eifersüchteleien eines kleinen Mädchens.

Es ist fast sechs Jahre her, als wir verlegen die Disko verließen. Du wolltest mir den „hill" zeigen, die Eiche auf dem Hügel.

„Dort lungern wir an warmen Abenden oft herum", sagtest du betont lässig. Wie falsch du zunächst meinen Namen aussprachst! „Wie . . .?" stottertest du und wiederholtest ihn. Er klang noch verdrehter. Im Stillen mußte ich über dich lachen.

Nach Tagen und nach Wochen und nach Monaten flüstertest du, betetest oder schriest meinen Namen. Und wir waren eins als Mann und Frau.

Es waren keine Bilderbuchjahre, in keinerlei Hinsicht. Alle Turbulenzen, Höhen und Tiefen zusammengenommen, möchte ich dir noch einmal versichern, daß ich mit dir erst begriffen habe, wer ich bin, was Leben und Liebe, was gemeinsame Hoffnungen bedeuten können.

Meine Eltern haben glücklicherweise weniger Schwierigkeiten bereitet, als ich ursprünglich befürchtet hatte. Und die „anatolische Verwandtschaft", wie ich boshaft zu sagen pflegte, haben wir mit Notlügen zufriedenstellen können.

War das ein Fest bei unserem ersten gemeinsamen Besuch in der Türkei! Eine tolle Hochzeitsfeier in der Kneipe von Ali Bei. Daß die Ringe aus einem Spielwarengeschäft stammten, konnten sie ja nicht ahnen. Wie hätte ich den Verwandten auch erklären sollen, daß man „bei uns" auch ohne Heirat zusammenleben kann. Daß wir schon noch heiraten würden, sobald wir Kinder wollten. Sie hätten kein Wort verstanden, es hätte böses Blut gegeben.

Sie stellten nicht viele Fragen. Du – man sagte „der aus Deutschland" – galtest von vornherein als ein achtbarer Mensch. Nur meine kleine Nichte, die frechste der ganzen Sippschaft, fragte mich am dritten Tag der Festlichkeiten, während du deinen Rausch vom vielen Raki und Bananenlikör ausschlafen mußtest: „Ist es nicht komisch, mit so einem Fremden?"

„Was sollte denn komisch sein?" fragte ich zurück, und sie wurde rot im Gesicht. „Ich meine, weil er doch kein Türke ist. Daß er seltsame Sachen von dir will..."

Als du mich damals ermuntert hast, doch noch eine Lehre zu machen, als wir schließlich in der Bahnhofstraße eine gemeinsame Wohnung bezogen haben, schien die Zukunft klar zu sein wie ein Aprilhimmel mit weißen Föhnwölkchen, während der letzte Schneeschauer des Winters von den blühenden Forsythienbüschen tröpfelt. Auch der „Ausrutscher", wofür du drei Monate auf Bewährung bekommen hattest, trübte unsere Aussichten nicht merklich. Deine Verzweiflung und Verbitterung konnte ich gut verstehen. Du schimpftest viel über die „miese Lage", über die „Schweine" da und dort, und daß eh alles „verpfuscht" sei, sogar die Natur, besonders die Natur und die ganze Welt. Man könne nur noch „dreinschlagen". Wir hielten zusammen, du hast dich gefangen, wolltest einen neuen Anfang machen.

Daß ich nach meiner Lehre zunächst ebenfalls keine Stelle bekam, gehörte zu den Normalitäten. Doch war da ein Gedanke, der scheinbar urplötzlich in mir auftauchte. Er machte mich erschrocken. Ich dachte, daß schließlich viele deutsche Jugendliche ebenfalls arbeitslos waren. Ja, wer war ich? War ich nicht ebenfalls eine von vielen jungen Deutschen? In Deutschland aufgewachsen, mit den gleichen Sorgen und Nöten, mit den gleichen Vorlieben und Vorstellungen von einem glücklichen Leben?

Ich spürte, wie mich ein Unwohlsein überkam, wenn ich von einem Brandanschlag auf Ausländerwohnheime und von ähnlichen Vorfällen hörte. Du, Roland, gerade du, an dessen Seite ich erleben durfte, mich vollwertig und gleichberechtigt, ohne Einschränkung und Erniedrigung zu Hause zu fühlen, gerade du mußtest jetzt mit ansehen, wie ich mir in deiner Heimat von Tag zu Tag fremder vorkam. Es gab kein „bei uns" mehr.

Ich bekam diesen Job als Kassiererin. Ich fragte den Chef, warum meiner Kollegin in der Nachmittagsschicht zwei Mark mehr Stundenlohn bezahlt wurde.

„Sie sind schließlich Ausländerin. Ich habe Kunden, die mir vorhalten, daß ich Sie überhaupt beschäftige. Bei so vielen arbeitslosen Deutschen!"

Du wirst dich erinnern, wie furchtbar ich an dem Abend geheult habe. Du erzähltest von deiner zukünftigen Arbeitsstelle, sprachst von Heirat und tröstetest mich, daß wir es danach schon schaffen würden. Aber ich hielt den Trauschein unter solchen Umständen für eine schreiende Lebenslüge.

Den entscheidenden Knacks jedoch versetzte mir wohl jener letzte Abend in der Gaststätte „Alt Berlin", wohin wir manchmal auf eine Runde Billard gegangen waren. Die Wochen haben nichts von den Bildern aus meinem Gedächtnis löschen können. Unser glattpolierter, nußbrauner Tisch, an dem wir meistens saßen, dein Pils, der große rote Glasaschenbecher, der abgetretene

Teppich um den Billardtisch, das Klacken der Kugeln. Um den seitlichen, ovalen Stammtisch, im Lichtkegel unter dem breiten Lampenschirm Gesichter, die man allmählich kannte. Sogar ein alter Kumpel vom „hill", von dem du einmal sagtest, daß er sich merkwürdig verändert habe. Zwischen Zigarettenrauch und Bierdunst glänzen Augen und Schweißperlen, man hört Lachen, Gelächter.

Jemand ruft in die Runde:
„Erzähl den Türkenwitz noch einmal, damit ihn *alle* hören."
Ich will gehen. Du hältst mich am Arm. Sagst laut und gereizt:
„Jetzt wollen wir ihn auch hören!"
Es ist irgend etwas um den Unterschied zwischen langen und kleinen Türken. Und daß die langen länger brennen würden. Mich würgt es. Ich will schreien und kann nicht. Du springst auf. Schlägst dem Erzähler voll ins Gesicht. Bekommst sofort von beiden Seiten Schläge. Ein dritter stürzt sich von hinten auf dich. Die Wirtin schreit, daß sie die Polizei holen werde. Ich zerre dich raus. Du fuchtelst, röchelst, spuckst. Dir fehlt ein Haarbüschel. Am Ohr läuft Blut hinunter.
Wir können von Glück sagen, daß alles ohne Polizei abgelaufen ist, daß der Finger doch nicht gebrochen war, daß Wunden am Kopf bald verheilen.
Ich hätte dich auch Monate lang gepflegt, wenn es nötig geworden wäre. Ich habe nicht deshalb geweint, weil Wunden und Schwellungen dein Gesicht so entstellt hatten. Nein, es war Wut, Verzweiflung, war das elende Gefühl bei dem Versuch, etwas Schönes, Wertvolles in sich abzutöten.
Ich sehe dich.

Fassungslos, entsetzt, bestürzt.

Du wolltest nichts von meinem Entschluß wissen. Ich höre dein Betteln, dein Schluchzen. Fühle später nur noch stumme, warme Tränen ... Ich weiß, daß eine Berührung mehr bedeuten kann als bloße Begegnung. Ich habe begriffen, daß deine Hände eine ganze Welt haben geben wollen. Von dieser „heilen Welt" wird etwas lebendig bleiben.

Doch ich, ich pack's nicht mehr.

Mir graut's davor, heimzukehren. Heim? In eine doppelte Diktatur. Politisch ein entrechteter Mensch und als Frau noch weiter erniedrigt. Ich werde namenlos sein wie viele Frauen dort.

Und darf ich hoffen, mit meinen Erfahrungen etwas zur Veränderung beizutragen? Vielleicht. Vielleicht wird mich der Mut bald verlassen. Doch an keiner Hauswand die Schrift, die mir droht: „Ausländer raus!"

Ich schaffe es nicht, länger in deinem Land zu leben. Vielleicht wirst du verstehen, warum ich es abgelehnt habe, daß du mit mir in die Türkei gehst.

Paß auf dich auf, Roland. Ihr alle solltet acht geben. Dieses Unheil wütet an vielen Orten, in vielen Ländern. Überall. Und du weißt, wohin Fremdenhaß führen kann. Ich habe Angst.

Paß auf dich auf, Roland.

Imre Török

Geboren 1949 in Eger / Ungarn, lebt seit 1963 in Deutschland. Studium der Philosophie (u.a. bei Ernst Bloch, Walter Schulz), Germanistik und Geschichte in Tübingen. Berufliche Tätigkeiten: Offsetdrucker, Dozent in der Erwachsenenbildung, Vertreter für Fahrradtaschen, Leiter eines städtischen Theaters, Unternehmensleitung im Sportartikelbereich und vieles mehr. Viele Reisen in Europa und Afrika. Seit 1984 überwiegend freiberuflich als Schriftsteller und Kulturarbeiter tätig. Literarische Beiträge in Rundfunk- und Fernsehsendungen, Zeitungen, Zeitschriften, Anthologien.

Mitglied im Verband deutscher Schriftsteller (VS / IG Medien), zeitweilig im Bundesvorstand, stellvertretender VS-Vorsitzender in Baden-Württemberg. Erhielt 1992 das Jahresstipendium für Schriftsteller des Landes Baden-Württemberg. Wohnt in Isgazhofen (Allgäu).

Mehrere Buchveröffentlichungen, u.a: *Butterseelen – Mit Hölderlin und Hermann Hesse in Tübingen* (Windhueter Verlag, 1980), *Blitze über einem Berg* (Verlag der Handzeichen, 1985), *Cagliostro räumt Schnee am Rufiji* (Alkyon Verlag, 1991), *Ameisen und Sterne – Märchen und andere wahre Geschichten* (Alkyon Verlag, 1995), *Mythos MLP,* zusammen mit Manfred Lautenschläger, (Campus Verlag, 1996).

Imre Töröks Geschichten von 1982 – 1994, in diesem Band der Edition Maurach, in chronologischer Folge:

Rote Beeren im Schnee (1982), Namenlose Heimkehr (1983), Dein Bild von mir (1985), Dichter am See (1992), Medium (1992), Gleich vertraut und gleich befremdlich (1994), Hälfte des Gartens (1994), Die Hortensien der Mademoiselle L. (1994)

In der Edition Maurach (herausgegeben von Gisela Linder und Martin Walser) sind bisher folgende Bände erschienen:

Edition Maurach: Band 1

Gisela Linder

Zur Freude geboren

Zehn Geschichten

mit einem Nachwort von Martin Walser.

Die Geschichten von Gisela Linder präsentieren die Epoche, von der sie veranlaßt wurden, eine Zeitspanne von einem halben Jahrhundert, von 1940 bis heute. In anschaulicher Sprache macht die Autorin innere Gesetzmäßigkeiten des Menschseins sinnlich erlebbar. Dabei wird sichtbar, daß sie durch Typisches zum Schreiben genötigt wurde oder – wie Martin Walser im Nachwort schreibt – daß durch Schreiben das Einzelne zum Typischen geworden ist, die Geschichte zum Geschichtlichen.

76 Seiten

ISBN 3-922137-78-4

Edition Maurach: Band 2

Bruno Epple

Das Buch da

Geschichten und Reflexionen, niedergeschrieben von einem Malerpoeten in farbig-bildhafter Sprache. Prosa voll Ironie und tiefer Bedeutung, voll Humor und Besinnlichkeit ist zusammengefaßt zu einem kurzweiligen Band von Bruno Epple, dem Bodensee-Literaturpreisträger 1991 der Stadt Überlingen.

76 Seiten

ISBN 3-922137-82-2

Edition Maurach: Band 3

Joachim Hoßfeld
Murnauer Skizzen

Wie die Kraft der Erinnerung an Glücksmomente
davor einem querschnittgelähmten Bergsteiger über
die Zeit in der Rehabilitationsklinik hilft, und wie diese
Kraft ihm den Weg weist in ein Leben danach, ist grif-
fig erzählt. Ein Buch jenseits von Anklage, Selbstmit-
leid und Beschönigung.

84 Seiten
ISBN 3-922137-81-4

Edition Maurach: Band 4

Hartmut Löffel
Solisten
Erzählungen

Der Mensch als Solist auf der Bühne des Lebens, ausgesetzt in Verletzbarkeit und Bewährungsnot seinem
Publikum. Das ist das ebenso variationsreich wie spannend durchgespielte Grundthema dieses Prosabandes.

Der Autor bietet sechs Erzählungen und damit sechs
unverwechselbare Variationen seines Themas. Sein
Erzählstil besticht durch spannungssteigernde Diszi-
plin, schafft beklemmend mitmenschliche Nähe und
wahrt befreiend ironische Distanz. Das grotesk traurige
Los seiner gedemütigten Einzelkämpfer erhellt schlag-
lichtartig die Gefährdung des Menschen, seine Einsam-
keit.

88 Seiten
ISBN 3-922137-85-7

Edition Maurach: Band 5

Hugo Berger
Der Lauf der Dinge
Erzählungen

Der Schweizer-Autor erzählt ohne Umschweife den Lauf der Dinge, alltäglicher Dinge, die aber doch etwas Außergewöhnliches an sich haben.

Es darf gelacht werden, auch wenn manches zunächst nicht zum Lachen aussieht. Darin liegt Versöhnliches. Diese Prosa hat etwas Lapidares, schlägt in Bann. Der Autor versteht Spannung zu erzeugen und haushälterisch damit umzugehen, zum Vergnügen des Lesers.

76 Seiten
ISBN 3-922137-92-X

Edition Maurach: Band 6

Ernst Jünger
Über Kunst und Künstler
Aus den Schriften

Der Sammelband wurde herausgegeben aus Anlaß des 100. Geburtstages von Ernst Jünger. Kein anderer Schriftsteller deutscher Zunge hat aus universaler Sicht in diesem Jahrhundert der bildenden Kunst einen vergleichbar hohen Rang eingeräumt.

Mit aphoristischer Prägnanz und analytischer Klarheit öffnet der Autor seinen Zeitgenossen die Augen für Wesen und Wirken der Kunst.

Doppelband, 168 Seiten
ISBN 3-86136-004-7

Edition Maurach: Band 7

Brigitte Mauderer
Die Kälteforscherin
Erzählungen

Brigitte Mauderer ist weitgereist und in der Welt des
Sports zu Hause. Sie erzählt spannend. Ihre Reisen
führten sie bis in die Arktis. Sie versteht es, knapp
etwas von der Eigenart der Fremde zu vergegenwärti-
gen. Doch geht es der Autorin nicht um Reisebeschrei-
bungen, vielmehr um Reiseerfahrungen anderer Art.
Im Urlaub läßt sich Abstand gewinnen, klärt sich manches, was der Alltag verschleiert. Nicht selten wird eine
Reise zum Abschied von einer Partnerschaft, die schon
lange keine mehr war. Ob Spurensuche oder Abrech-
nung mit Gewesenem: Wichtig ist, neue Kraft und
Wärme zu tanken, wenn man – auch im übertragenen
Sinn – die Kälte durchforscht hat.

80 Seiten
ISBN 3-86136-001-2